Diogenes Taschenbuch 23773

W0296789

Isaac B. Singer

Späte Liebe

Drei Geschichten
Aus dem Amerikanischen von
Ellen Otten
Mit einem Nachwort von
Jan Schütte

Diogenes

›Die Aktentasche‹ und ›Allein‹
erschienen 1976 in dem Erzählband
›Der Kabbalist vom East Broadway‹
im Carl Hanser Verlag
Copyright © 1976 Carl Hanser Verlag München
›Späte Liebe‹ wurde 1977 in dem Erzählband
›Leidenschaften – Geschichten aus der neuen und der alten Welt‹
im Carl Hanser Verlag veröffentlicht
Copyright © 1977 Carl Hanser Verlag München
Lizenzausgabe mit freundlicher Genehmigung
Umschlagillustration: Filmstill aus
›Love Comes Lately‹ von Jan Schütte
Copyright © patrick foley/
zero fiction

Veröffentlicht als Diogenes Taschenbuch, 2008
Alle Rechte an dieser Ausgabe vorbehalten
Diogenes Verlag AG Zürich
www.diogenes.ch
50/08/36/1
ISBN 978 3 257 23773 3

Inhalt

Die Aktentasche

Man sagt, dauerndes Herumhetzen sei eine typisch amerikanische Krankheit. Obwohl ich kein gebürtiger Amerikaner bin, so bin ich doch ein Opfer dieser Krankheit. Manchmal bin ich in einer solchen Hetze, dass ich mich anstrengen muss, mich daran zu erinnern, dass ich Kohn heiße. Ich bin immer in Eile, selbst wenn ich schlafe.

In jenem Winter arbeitete ich an einer Zeitung, schrieb Bücher, ging auf Vortragsreisen und nahm eine Gastprofessur an einer Universität im Mittleren Westen an, wo ich Vorlesungen über moderne Literatur halten sollte. Obwohl ich nur jede zweite Woche zwei Tage dort sein musste, nahm ich mir eine Wohnung und ließ ein Telefon legen. Die Universität stellte mir ein Büro zur Verfügung, und dort gab es auch ein Telefon. Die Telefone läuteten dauernd; jedes Mal, wenn ich eine der Türen öffnete, begrüßte mich das Geklingel. Professoren wollten mich kennenlernen, ihre Frauen luden mich zum Lunch oder Abendessen ein, Studenten brachten ihre Arbeiten zum Durchsehen, ältere Semester der Journalistik wollten Interviews, Mitglieder der lokalen jüdischen Gemeinde baten mich, in ihrem Gemeindehaus einen Vortrag zu halten.

Da ich nicht nein sagen kann, sagte ich zu allem ja. Mein kleines Notizbuch war so überfüllt mit Telefonnummern und Adressen, dass ich meine eigene Handschrift kaum entziffern konnte. Ich hatte eine Wohnung in Manhattan und ein Büro bei der Zeitung, infolgedessen erhielt ich Post und Bücher an vier verschiedene Adressen. Ich hatte keine Zeit, die Haufen von Papier, die sich überall ansammelten, auch nur durchzusehen. Manchmal öffnete ich nicht einmal die Umschläge. Leute wie ich haben gewöhnlich Sekretärinnen, aber ich war nie lange genug an einem Ort. Außerdem durfte niemand von all meinen verrückten Beziehungen zu Frauen wissen. Über die Jahre meines langen Junggesellenlebens hatte ich einen unsichtbaren Harem von Verflossenen oder Verpassten angesammelt. Allen machte ich Versprechungen. Einige waren noch verhältnismäßig jung, andere inzwischen alt geworden. Eine hatte Krebs. Verschiedene hatten geheiratet, manche sogar zum zweiten oder dritten Mal. Ihre Töchter behandelten mich wie ihren Stiefvater. Man erwartete von mir, dass ich Glückwünsche und Geschenke zu ihren Geburtstagen und anderen Gedenktagen schickte. Die meisten vernachlässigte ich und wachte nachts mit schlechtem Gewissen auf. Ich trat oft auf telepathischem Weg mit ihnen in Verbindung, und sie schienen auf dem gleichen Weg zu antworten. Telepathie, Hellseherei und Vorahnungen ersetzten Briefe, Telefonanrufe und Besuche. Ich tat allen Unrecht, und trotzdem überschütteten mich diese Frauen weiterhin mit Liebe. Vielleicht weil ich – in Gedanken zumindest – ihnen immer noch ergeben war. Vor dem Einschlafen betete ich für sie.

Im Februar jenes Winters hatte ich eine Woche ohne Verpflichtungen. Der Rabbiner einer kalifornischen Gemeinde, vor der ich sprechen sollte, war plötzlich gestorben, und mein Vortrag wurde vertagt. Kaum hatte ich die Nachricht erhalten, da beschloss ich, die freien Tage mit Reisl zu verbringen. Die Nacht vorher war ich bei ihr in der Bronx. Mein Flugzeug sollte mittags um zwölf abfliegen. Ich stand um sechs Uhr auf. Reisls kranke Mutter Lea Hinda schlief immer lange. Reisl hatte mir Frühstück gemacht. Als ich um acht Uhr bei mir in der Wohnung eintraf, fand ich unter die Tür geschoben ein Telegramm, das meinen Vortrag absagte.

Ehe ich ging, hatte Reisl sich beklagt: »Früher bliebst du tagelang bei mir. Jetzt bleibst du höchstens eine Nacht.«

Und plötzlich hatte ich eine ganze freie Woche!

Zuerst legte ich mich auf die Couch und versuchte, Schlaf nachzuholen. Wir waren erst um ein Uhr morgens aus dem Theater nach Hause gekommen. Das Telefon läutete, und ich ließ es läuten. Ich dachte an die Worte Esaus: »Siehe, ich muss doch sterben, was soll mir denn die Erstgeburt?« Die Art von Leben, die ich führte, gab mir das Gefühl, langsam Selbstmord zu verüben. Ich war schon so weit, dass ich nie mehr als fünf Rasierklingen kaufte. Zehn zu kaufen, hieße das Schicksal herausfordern – ich konnte jeden Tag eine Herzattacke oder einen Nervenzusammenbruch bekommen.

Gegen elf wachte ich auf, genauso müde, wie ich mich hingelegt hatte. Ich sah mich im Zimmer um. Die Putzfrau hatte operiert werden müssen und war zur Erholung zu ihrer alten Mutter nach Puerto Rico gefahren. Die Wohnung war schmutzig. Bücher, Zeitschriften, Unterhosen, Krawatten, Taschentücher lagen am Boden verstreut. Der Schreibtisch war mit Papieren bedeckt. Obwohl ich versuchte, Ordnung zu halten, lebte ich doch in dauernder Unordnung. Ich konnte nie etwas finden. Ich verlor Rechnungen. Ich verlegte meinen Füllfederhalter und meine Brille. Ich zog einen Schuh an und konnte den zweiten nicht finden. Eines Tages vermisste ich meinen Cashmeremantel. Ich suchte überall, selbst an Orten, die für ein Unterhemd zu klein gewesen wären, er war verschwunden. War bei mir eingebrochen worden? Nirgends waren Zeichen eines Einbruchs. Warum sollte ein Dieb nur den Mantel nehmen? Ich öffnete den Schrank noch einmal und fand den Mantel zwischen meinen anderen Sachen. Kann man vor lauter Geistesabwesenheit blind sein?

Ich rief Reisl an und teilte ihr die gute Nachricht von meiner freien Woche mit.

»Komm sofort hierher!«, rief sie.

»Nein. Komm du und verbringe den Tag bei mir. Später gehen wir dann zu dir.«

»Du weißt, dass ich meine Mutter nicht allein lassen kann.«

»Du kannst, auf ein paar Stunden.«

Nach vielem Hin und Her stimmte Reisl zu, ›in die Stadt zu kommen‹, so nannte sie den Weg nach Manhattan. Lea Hinda hatte eine alte Nachbarin, die nach ihr sehen würde. Lea Hinda litt an hohem Blutdruck und einem halben Dutzend anderer Krankheiten, aber irgendwie schaffte sie es, am Leben zu bleiben. Sie nahm zahllose Tabletten und hielt die strengste Diät, von der ich je gehört hatte. Nachdem sie das Leben im Ghetto und in Konzentrationslagern überstanden hatte, war sie entschlossen, neunzig zu werden.

Obwohl Reisl versprochen hatte, in einer Stunde da zu sein, wusste ich doch, es würden drei werden. Zu Hause lief sie halbnackt und in ausgetretenen Hausschuhen herum. Aber wenn sie sich in die Stadt begab, dann trug sie ihr Sabbat-Kleid. Bevor sie fortging, legte sie der Mutter alle Tabletten hin, die sie brauchte, herzstärkende, entwässernde, vitaminhaltige. Lea Hinda lernte nie, mit diesen amerikanischen Medizinen umzugehen.

Jetzt hatte ich Zeit, mich zu rasieren, zu baden, vielleicht sogar ein Manuskript anzusehen. Aber das Telefon ließ mir keine Ruhe. Ich hatte meinen Rasierapparat verlegt und verbrachte eine Viertelstunde damit, ihn zu suchen. Plötzlich erinnerte ich mich, ihn in den Koffer gelegt zu haben, den ich nach Kalifornien mitnehmen wollte. Als ich ihn auspackte, läutete das Telefon wieder. Die Stimme war die eines Erwachsenen, der ein Kind nachahmt, und ich tippte auf Sara Pitzeller. Obwohl sie krebskrank war, hatte sie ihren Humor bewahrt.

»Weißt du, dass deine Sara gestorben ist?«, sagte sie mit der kindlichen Stimme.

Ich war sprachlos.

»Warum antwortest du nicht? Hast du Angst vor den Toten? Die tun dir nichts. Denen kannst du auch nicht mehr weh tun. Ist das nicht großartig?« Sie legte den Hörer auf.

Es läutete dreimal an der Tür. Das musste Reisl sein. Sie kam immer in einem Aufruhr an. Sie trug in sich die Spannungen des Ghettolebens, der heimlichen Grenzübertritte, der Barackenlager, Verschleppter und Heimatloser. Sie war blond, blauäugig, schlank, und obwohl sie bald vierzig war, sah sie aus wie ein Mädchen in den Zwanzigern. Sie war Schneiderin von Beruf, man hatte sie sogar als Mannequin beschäftigen wollen. Aber sie sprach kein Englisch. Außerdem hatte sie sich im Ghetto das Trinken angewöhnt.

Noch ehe sie die Tür geschlossen hatte, schrie sie: »Nie wieder fahre ich irgendwohin mit der Untergrundbahn. Lieber sterbe ich.«

»Was war denn los?«

»Ein Kerl hing sich an mich. Ich sagte zu ihm: ›Go, mister, I no understand English.‹ Aber er hörte nicht auf, mich zu belästigen. Besoffen wie Lot. Und Augen wie ein Mörder. Als ich ausstieg, stieg er auch aus. Vater im Himmel! Ich dachte, jeden Moment zieht er das Messer heraus.«

»Dein Kleid ist ein bisschen zu auffallend, und deshalb …«

»Du verteidigst ihn noch. Du bist immer auf der Seite meiner Feinde. Du wärst imstande, selbst Hitler zu verteidigen. Das ist ein ganz einfaches Kleid. Du wirst es nicht glauben, aber ich habe den Stoff für einen Dollar von einem Restetisch gekauft ... Ich habe meine Zündhölzer vergessen. Ich muss eine Zigarette rauchen.«

Ich brachte Reisl Zündhölzer.

Sie zog den Rauch ein, blies eine Rauchwolke von sich und sagte: »Ich muss was trinken.«

»So früh am Tag?«

»Gib mir ein Glas Cognac. Ich habe dir was zu essen mitgebracht.«

Jetzt erst bemerkte ich, dass sie einen Korb trug. Ich hatte sie oft gebeten, mir kein Essen mitzubringen. Das zog nur Küchenschaben und Mäuse an. Aber sie machte, was sie wollte. Sie schlug auch meine Warnungen in den Wind, dass sie vom Trinken und Rauchen krank werden würde. Sie rauchte drei Päckchen am Tag. Sie rauchte auch mitten in der Nacht. Ich wollte ihr ein kleines Glas eingießen, aber sie riss mir die Flasche aus der Hand und goss ein Wasserglas voll. Sie trank es mit der Hast eines Alkoholikers, und für einen Augenblick war ihr Gesicht seltsam verzerrt. Dann wurde sie vergnügt.

Sie hatte Lunch für uns beide mitgebracht, aber ich musste fast alles allein essen. Zigaretten und Alkohol genügten ihr. Sie hatte die Gerichte gekocht, die ihr von zu Hause vertraut waren: Kartoffelpudding, gebackene Nudeln, Grütze mit Pilzen und Backpflaumen. Während ich aß, sagte sie: »Im Ghetto wagte ich nicht einmal, von so einer Mahlzeit zu träumen. Wir beteten um trockenes Brot. Ich habe einmal gesehen, wie sich zwei Juden um eine verschimmelte Brotkruste prügelten. Die Nazis peitschten beide aus wegen Störung der öffentlichen Ruhe. Wo ist der Gott, über den du schreibst? Er ist ein Mörder, nicht ein Gott. Wenn ich die Macht hätte, würde ich jeden aufhängen, der über Ihn plappert.«

»Dann würdest du mich an den Galgen bringen?«

»Dich nicht, Liebling. Ich würde dir den Mund stopfen, das ist alles. Du weißt nicht, was du sagst – du bist wie ein kleines Kind ohne Verstand. Wie ein Bub, wie du überhaupt Bücher schreiben kannst, ist ein Wunder. Die Wahrheit ist, du schreibst sie gar nicht – ein Dibbuk ist in dich gefahren. Er schreibt. Wenn du den Pudding nicht bis auf den letzten Krümel aufisst, gehe ich nach Hause und seh dich nie wieder an. Gib mir noch ein Glas.«

»Ich gebe dir nichts mehr – nicht einmal, wenn du dich auf den Kopf stellst.«

»Komm schon! Ich will diese dreckige Welt ein paar Sekunden lang vergessen. Mit wem bist du ins Theater gegangen, zur *Türkischen Hochzeit*?«

»Mit niemandem.«

»Aber du hast doch in deiner Besprechung eine Begleiterin erwähnt.«

»Ach, das ist nur mein Stil mich auszudrücken.«

»Schöner Stil! Drück dich nicht so gebildet aus mit mir. Ich weiß genau, dass du mit Weibern herumziehst. Mögen sie alle in Flammen aufgehen! Genüge ich dir nicht? Du bist mit irgendeiner Nutte zur *Türkischen Hochzeit* gegangen. Die Plagen des Pharao sollen sie treffen! Sie hat sich wahrscheinlich hier im amerikanischen Luxus gewälzt, während ich in einem Bunker mit Ratten und Läusen verfaulte. Jetzt stiehlt sie mir noch meinen Mann. Sie soll in der Hölle braten!«

»Du verfluchst jemanden, der gar nicht existiert.«

»Doch existiert sie, und die anderen auch. Ich wünschte, es gäbe sie nicht. Deshalb trinke ich ja. Gib mir noch einen Schluck.«

»Nein.«

»Du willst nicht? Dann bist du ein kaltblütiger Mörder. Du magst von Rabbinern abstammen, aber ich glaube, deine Mutter hat einen Bastard zur Welt gebracht. Sieh mich nicht so an. Das ist schon vorgekommen in unserer verfluchten Geschichte. Wie erklärst du dir sonst die blonden Köpfe und Stupsnasen unter uns? Wir sind gar keine Juden. Die Christen verfolgen Christen! Die wirklichen Juden sind schon lange ausgestorben. Vielleicht gibt es noch eine Handvoll in Jerusalem. Gib mir noch einen kleinen Kognak oder ich sterbe.«

»Tu's nur.«

Reisl heftete ihre hellblauen Augen auf mich. »Ich weiß wirklich nicht, warum ich dich liebe. Was sehe ich in dir? Jahrelang habe ich mich nach einem Mann gesehnt. Schließlich fand ich einen. Und der ist verrückt und schlecht.«

Wir umarmten uns, ich hob sie hoch und einer ihrer Schuhe fiel zu Boden. Das Telefon läutete. Meine Universität. Der Dekan der Abteilung für Englisch wollte mich nur daran erinnern, dass ich morgen eine Vorlesung zu halten hatte. Himmel, das hatte ich völlig vergessen. Ich fragte ihn, ob man sie verschieben könnte. Er sagte, man hätte extra einen bestimmten Saal reserviert und eine Verschiebung käme nicht in Frage.

Während ich noch sprach, stieg Reisl das Blut ins Gesicht. Sie riss sich von mir los und humpelte zu ihrem zweiten Schuh. Sie fiel hin. Wie sie da lag, fing sie an zu schreien: »So geht es mit allen unseren Plänen! Ich verfluche den Tag, an dem...«

»Komm mit mir.«

»Du weißt, dass ich das nicht kann, du Schlappschwanz. Oder ich muss vorher meine Mutter vergiften.«

»Aber ich muss gehen.«

»So geh. Aber bei deiner Rückkehr wirst du zwei Leichen vorfinden. Ich habe dieses Schicksal verdient, weil ich am Leben bleiben wollte. Niemand sollte so etwas überleben – es ist Sünde. Um mich herum starben sie wie die Fliegen, und ich träumte von gebratenem Schnitzel und Liebe. Dafür werde ich jetzt bestraft. Komm nicht in meine Nähe. Du bist mein schlimmster Feind.«

Ich sah sie an, und ich sah eine knochige Nase, ein spitzes Kinn, eingefallene Wangen. Als sie gekommen war, sah sie wie ein junges Mädchen aus. Jetzt hatten die Jahre sie eingeholt. Ich bemerkte auch die Krähenfüße um ihre Augen. Ihre Nasenlöcher weiteten sich.

Sie schrie auf. »Gib mir die Flasche! Ich muss mich besaufen.«

»Nicht in meiner Wohnung.«

»Gib mir die Flasche. Es gibt für mich nur noch den Suff. Warum hat Gott die Welt erschaffen? Beantworte mir das. Er ist kein Gott. Er ist ein Teufel. Er ist auch ein Hitler – und das ist die bittere Wahrheit.«

»Halt den Mund!«

»So, jetzt bist du auch noch fromm geworden, was? Du fürchtest dich vor meinen Gotteslästerungen? Er saß in Seinem siebenten Himmel und sah zu, wie man Kinder in die Gaskammern schleppte. Die Engel sangen zu Seinen Ehren, und Er sonnte sich in der himmlischen Glorie. Gib mir die Flasche. Wenn du es nicht tust, bringe ich mich sofort um.«

Meine Vorlesung hieß *Hat die Literatur des Unterbewussten und des Absurden eine Zukunft?* Während ich sprach, spürte ich, dass die Zuhörer mir nicht zustimmten. Man hörte Gemurmel und Husten, gefolgt von feindlichem Schweigen. Eine Frau versuchte, mich zu unterbrechen. Ich war mir dessen nicht bewusst, aber ich hatte die Psychologisierer und Soziologisierer unter den heutigen Romanschreibern angegriffen. Während der Diskussion warfen die Studenten Kafka und Joyce als Argumente gegen mich in die Debatte. Und wie stand es um die Symbolisten? Wollte ich wirklich die Uhr der Literaturgeschichte zurückdrehen bis zu Flauberts Realismus? Einige meiner Studenten hatten lange, undurchsichtige Arbeiten geschrieben, die den ›inneren Menschen‹ wiedergeben sollten. Andere versuchten, in ihren Arbeiten die Gesellschaft neu aufzubauen – oder zumindest die alte zu zerstören. Ein Professor wies auf den Widerspruch zwischen meiner Theorie der Literatur und meinen eigenen Schriften hin, die symbolisch, oft sogar mystisch seien. Ich versuchte, meine Ansichten zu erklären, aber der Vorsitzende teilte mit, es sei Zeit für Erfrischungen. Wir gingen in einen Saal, wo es Punsch und Schnäpse gab. Dieser Empfang war mir zu Ehren gegeben worden, aber die Literaturprofessoren übersahen mich und unterhielten sich untereinander. Sie erzählten sich Witze, die gerade ›in‹ waren. Ich zog mich in eine Ecke zurück, nippte an meinem Punsch – ich war ein Außenseiter.

Eine Frau kam zu mir heran. Ich erkannte sie, aber konnte mich nicht an ihren Namen erinnern oder wo wir uns begegnet waren und wann. Sie sah sowohl jung aus wie gealtert, als ob sie gerade einer schweren Krankheit oder einer Krise entronnen sei. War sie eine Studentin höheren Semesters oder ein Professor, überlegte ich. Sie hatte schwarze Augen, schwarzes krauses Haar, eine hohe Stirn und ein leicht behaartes Kinn. Das schwarze Kleid stand ihr nicht. Ihr Glas war fast leer. Sie sprach zögernd, als sei sie beschwipst. »Erkennen Sie mich nicht?«

»Ich kenne Sie«, sagte ich, »aber ich habe keine Ahnung, wer Sie sind.«

»Rosalie Kadisch.«

»Mein Gott!«

Wir wollten uns einen Kuss geben, aber die Gläser waren im Weg. Ich hatte Angst, sie mit Punsch zu begießen. Sie sagte: »Ich bin alt geworden, aber du hast dich nicht verändert.«

»Was bleibt einem anderes übrig, als alt zu werden?«, sagte ich. »Aber was machst du hier? Wo kommst du her? Was hast du inzwischen erlebt?«

Sie lächelte verschmitzt und zeigte weit auseinanderstehende, gelbe Zähne. »Ich komme aus dem Heiligen Land und gebe hier einen Kurs über moderne hebräische Literatur. Außerdem schreibe ich an meiner Doktorarbeit.«

»Was wurde aus deinem christlichen Freund?«

»Du erinnerst dich also doch. Er heiratete eine geschiedene Frau mit Geld.«

»Und will er nicht mehr die Menschheit erlösen?«

»Seine Frau hat ihn fest am Wickel. Sie hat vier Kinder von ihrem ersten Mann und ist wieder schwanger.«

»Wo leben sie?«

»In Kalifornien, wie alle, die einen Knacks haben.«

»Und was ist mit dir?«

Sie zwinkerte. »Mit mir?« Dann erzählte sie von sich. In Jerusalem hatte sie sich in einen jungen Professor verliebt, der jeden Moment geschieden werden sollte, dann aber doch bei seiner Frau blieb. Danach hatte sie eine Affäre mit einem italienischen

Studenten gehabt, der viel jünger war als sie, eine Heirat mit ihm war ausgeschlossen. Sie hatte auch etwas mit einem Araber gehabt. Jetzt wollte sie von der Liebe nichts mehr wissen.

»Was tust du stattdessen?«

»Ich rauche Marihuana.«

»Genügt dir das?«

»Immer noch besser, als mir die Geständnisse impotenter Männer anzuhören.«

»So weit ist es mit dir gekommen?«

»Ja, ich bin zynisch geworden«, sagte sie. »Ich habe keinerlei Illusionen mehr, über niemanden und nichts. Aber ich muss meinen Doktor machen. Sonst verdient man so gut wie nichts.«

»Wie geht es deinen Eltern?«

»Sie erwarten nichts Gutes mehr von mir.«

Es war spät geworden. Rosalie sagte: »Ich habe eine Wohnung hier. Willst du auf eine Tasse Kaffee oder Tee herüberkommen? Ich gehe nie vor zwei Uhr schlafen. Ich muss morgen auch nicht unterrichten. Hab keine Angst, ich werde dich nicht verführen.«

Ich wollte mich verabschieden, aber der Dekan und seine Frau waren schon gegangen. Die anderen Gäste kannte ich nicht. Diese Universität war wie eine ganze Stadt. Als wir gingen, nahm Rosalie meinen Arm. Draußen war es eiskalt. Ein scharfer Wind wehte. Ich hatte mir besonders warme Schuhe, dicke Handschuhe und eine wollene Gesichtsmaske gekauft. Ich kam mir vor wie ein Mitglied des Ku-Klux-Klan, wenn ich durch die Schlitze lugte. Wir gingen durch schwach beleuchtete, schneebedeckte Straßen, während der Wind gegen uns drückte. Er blies durch meine Kleidung, ich fror erbärmlich. Treibender Schnee wirbelte um uns herum. Mir fiel die Beschreibung von Reisen an den Nord- oder Südpol ein, die ich als Junge gelesen hatte. Die schneebeladenen Lampen verbreiteten nur ein schwaches Licht. Es war glatt, und wir klammerten uns aneinander, um nicht zu fallen. Ein grünblauer Stern funkelte über einem Dach. Hier unten war es elf Grad unter null; dort oben mochten es hundert Millionen Grad über null sein.

Rosalie Kadisch und ich stiegen drei Treppen zu ihrer Wohnung hinauf. Überall lagen Bücher und Zeitschriften herum – auf ihrem Klappbett, auf den Stühlen, auf dem Boden, selbst auf dem Eisschrank und auf dem Gasherd. Sie räumte schnell einiges beiseite und setzte den Kessel auf. Sie brachte Schnäpse und Kekse. Ich bin kein großer Trinker, aber ich wollte mich nach dem Spaziergang etwas erwärmen. Wir tranken einander zu, und sie sagte: »Ich habe dich nie vergessen. Ich wollte meine Doktorarbeit über dein Werk schreiben, aber ich konnte nicht genügend Material darüber finden.«

Plötzlich fiel mir ein, dass ich Reisl anrufen sollte. Da saß sie in der Bronx und wartete. Vielleicht versuchte sie, mich zu erreichen. Als ich mit Rosalie davon sprach, sagte sie: »Du musst dich nicht genieren. Ruf sie an.«

Ich wählte und hörte Reisls Stimme. Sie klang schrill. Sie hatte mir mein Fortgehen noch nicht verziehen. Sie sagte: »Wie ging's mit der Vorlesung?«

»Soso.«

»Du hast wohl vergessen, dass es hier schon eine Stunde später ist? Ich wollte ins Bett gehen.«

»Man hatte mir noch eine Cocktailparty gegeben. Ich konnte nicht von dort aus anrufen.«

»Bist du jetzt in deiner Wohnung?«

»Ja«, log ich und bereute es sofort.

»Das ist nicht wahr. Du bist ein Betrüger und ein Lügner. Ich habe vor fünf Minuten in deiner Wohnung angerufen.«

»Ich bin gerade nach Hause gekommen«, sagte ich und wusste, es würde alles nur schlimmer machen.

Reisl sagte: »O.K. Häng ein. Ich ruf dich gleich zurück.« Ich wollte noch etwas sagen, aber sie hatte schon aufgelegt. Ich saß benommen da. Ich hörte das Telefon in meiner leeren Wohnung läuten. Ich hörte auch Reisls wütende Reden. Ja, dachte ich, diesmal hab ich sie verloren. Zwischen uns ist alles aus.

Rosalie sah mich von der Seite an. »Keine Angst«, sagte sie, »sie wird sich schon wieder mit dir aussöhnen.«

»Niemals.«

»Versuch's mal mit Marihuana. Von einer wirst du nicht süchtig.«

»Nein. Ich möchte lieber noch ein Glas Schnaps.«

Ich versuchte, mich zu trösten. Diese verfluchte Liebe, dachte ich; dieser ganze romantische Unfug war keinen Pfifferling wert. Wie recht hatte die jüngere Generation – sie verlangten keine ewige Treue mehr, und Eifersucht kannten sie nicht. Neunundneunzig Komma neun Prozent unserer sogenannten Instinkte waren uns von sozialer Hypnose aufgezwungen.

Rosalie brachte Tee und Gebäck. Es war unsinnig, jetzt nach Hause zu eilen. Sie war kultiviert, sah nicht schlecht aus. Jedenfalls gehörten wir beide einem Stamm an, der dabei war, sich selbst zu zerstören.

Eine Woche oder mehr verging. Ich begab mich auf eine andere Vortragsreise. Das Wetter wurde immer schlechter. Die Zeitungen kündeten Schneestürme und nie dagewesene Kältewellen für das ganze Land an. Die Züge blieben stecken, und man musste den halberfrorenen, hungrigen Reisenden Hilfe bringen. Im Winter reiste ich lieber mit dem Zug als mit dem Flugzeug. Mein kleines Notizbuch erinnerte mich daran, dass ich am Abend in der Stadt M. sein sollte – im Mittleren Westen, auch das Hotel hatte ich aufgeschrieben. Irgendwo hatte ich noch einen Brief von der Organisation, die mich eingeladen hatte, aber der war schon mit meinen Notizen für den Vortrag in der Aktentasche verstaut. Im Allgemeinen brauchte ich weder Adressen noch Telefonnummern. Sobald ich im Hotel ankam, holte mich derjenige ab, der die ganze Veranstaltung abwickelte. Bis zu meiner Abreise würde er sich um mich kümmern. Ich hielt den gleichen Vortrag in Synagogen und Universitäten, vor den Damen der zionistischen Frauenorganisationen und vor Bibliothekaren.

In Chicago versuchte ich einen Schlaf- oder Liegewagen zu bekommen. Es gab keinen. Wegen des Wetters musste ich vierzehn Stunden vor dem Vortrag dort ankommen. Mein Zug würde um vier Uhr morgens eintreffen. Das macht nichts, beschloss ich. Ich könnte im Hotel bleiben und arbeiten. Die Vertreter der Organisation würden mich sicher zu den Mahlzeiten einladen. Ich war nicht mehr daran gewöhnt, mit der Eisenbahn zu fahren, aber ich gebe mich nicht lange mit solchen Kleinigkeiten ab. Ich fand einen Platz am Fenster. Es war warm. In Chicago hatte ich Zeitungen, Zeitschriften und die Autobiographie eines Sexbesessenen gekauft. Ich hatte auch ein Sandwich und einen Apfel bei mir, falls ich während der Nacht hungrig werden sollte. Ich hatte Angst, dass sich irgendein langweiliger Patron neben mich setzen könnte, aber der Wagen blieb halb leer.

Wir fuhren durch eine von Schnee und dichtem Nebel fast unsichtbare Stadt. Lastwagen und Autos krochen die Straßen entlang. Aus den Fabrikschornsteinen quoll Rauch. Hier und da zuckte Feuer aus Schloten. Nach einiger Zeit zog ich das Rouleau herunter und fing an zu lesen. Wie gewöhnlich brachte die Zeitung das Neueste über Morde, Vergewaltigungen und Feuersbrünste; die Leitartikel handelten von der Mafia und von der Gefahr, die von Drogensüchtigen ausging. In der Zeitschrift stand ein langer Artikel über eine Schauspielerin, die plötzlich berühmt geworden war und für einen Auftritt zwanzigtausend Dollar bekam. Der Sexbesessene beschrieb die Umstände, die zu seiner Psychose geführt hatten: ein zerrüttetes Elternhaus, ein trinkender Vater, seine Bordellbesuche, die Liebhaber seiner Mutter. All das war erschreckend und ermüdend. Ich begann über die Zukunft der Literatur nachzudenken: Was konnte ein Romanschriftsteller den nackten Tatsachen noch hinzufügen? Sensationen und Melodramen waren unser täglich Brot. Das Unglaubliche war nur allzu glaubhaft.

Ich gähnte und blätterte in dem Buch. Obwohl ich nicht hungrig war, aß ich das Sandwich und den Apfel. Für einen Vierteldollar mietete ich ein Kissen von dem Schaffner, lehnte mich zurück und versuchte zu schlafen. Allmählich wurde es dunkel im Zug. Ich schloss die Augen, halb dämmerte ich, halb dachte ich nach. Reisl hatte ich bestimmt verloren. Wenn ich anrief, legte sie sofort den Hörer auf. Es wird sich schon noch jemand neben mich setzen, dachte ich. Ich begann zu träumen, hörte aber immer noch den Schaffner den Namen der Stationen ausrufen. Dann muss ich fest eingeschlafen sein, denn er weckte mich. Wir waren in M. angekommen.

Ich nahm meinen Mantel herunter, meinen Kleidersack und die Aktentasche. Ich war der einzige Reisende, der hier ausstieg. Ein eiskalter Wind blies. Es war ein ziemliches Stück zu gehen von meinem Wagen bis zum Bahnsteig. Hundert Jahre lang war die Station ein Symbol für Tumult und Lärm gewesen, jetzt war sie dunkel und leer. Ein Schwarzer schnarchte auf einer Bank. Ich trat auf die Straße, um ein Taxi zu suchen. Zuerst schien es hoffnungslos, aber schließlich tauchte eines auf. Der Fahrer nahm mein Gepäck. Ich nannte ihm den Namen des Hotels.

»Wo soll das sein? Nie gehört.«

Ich griff in meine Brusttasche, um die Adresse nochmals zu überprüfen. Mein Notizbuch war nicht da. Der Fahrer holte ein Büchlein und eine Taschenlampe heraus, um nachzusehen. Ich war überrascht. Für gewöhnlich buchte man für mich ein Zimmer in einem bekannten und erstklassigen Hotel. Wir kamen durch hell erleuchtete Straßen, dann fuhren wir durch dunkle, enge Gassen. Mich beschlich Misstrauen. Hatte er vielleicht vor, mich zu berauben? Das Taxi hielt vor einem schäbigen, drittklassigen Hotel. Ich war wütend auf die Veranstalter, die mich eingeladen hatten. Ich beschloss, am nächsten Morgen sofort nach New York zurückzukehren. Ich bezahlte den Fahrer, der an der verschlossenen Tür läutete und klopfte. Nach einiger Zeit kam ein verschlafener Bursche heraus. Er trug einen Sweater. Ich fragte, ob für mich ein Zimmer reserviert sei.

Er zuckte die Achseln. »Reserviert? Nein.«

Irgendetwas stimmte nicht. In diesem Haus gab es nicht einmal einen Aufzug. Der Bursche führte mich eine schmale Treppe hinauf. Es stank nach Gas und Kohlendunst. Er öffnete eine Tür und machte Licht: Eine nackte Birne hing an der Decke. In dem Zimmer blätterten die Tapeten von den Wänden, das Linoleum hatte Löcher, die Einrichtung bestand aus einem Metallbett und einer wackeligen Kommode. Es erinnerte mich an die möblierten Zimmer, die ich in den Zeiten meiner Armut bewohnt hatte. Der Angestellte ging. Erst jetzt bemerkte ich, dass mich ein großes Unglück befallen hatte. Die Aktentasche, die ich aus dem Zug mitgenommen hatte, war nicht meine eigene, und in meiner befanden sich meine Vorträge und andere wichtige Papiere; offenbar hatte ich auch mein kleines Notizbuch in die Aktentasche getan. Und um das Unglück vollzumachen, hatte ich meine Travellerschecks auch dort hineingestopft. Warum ich das gemacht hatte, weiß ich bis heute nicht, es sei denn, die Mächte, die das Leben eines Menschen bestimmen, wollten mir die größten Qualen bereiten. Alles, was ich besaß, waren zwei Dollar und etwas Kleingeld.

Ich blickte mich nach einem Telefon um, aber in dem Zimmer gab es keines. Etwas in mir machte sich, bei aller Sorge, über die Falle lustig, in der ich saß. Ich hatte eine Hoffnung – meine Gastgeber würden mich am nächsten Tag abholen. Aber mich beschlichen Zweifel, ob ich in das richtige Hotel gegangen war. Keine Organisation würde ihren Redner in so einer Bruchbude unterbringen. Es musste alles ein Irrtum sein. Es wurde mir immer klarer, dass dies die Strafe für mein Verhalten Reisl gegenüber war. Ihre Flüche hatten sich erfüllt. Wie immer, wenn ich in Schwierigkeiten geriet, erwachte mein Glaube von neuem.

Ich merkte, dass es im Zimmer kalt war. Der Heizkörper war mit Staub bedeckt, und die Farbe blätterte ab, es kam keine Wärme. Ich schlug die Decke zurück und bekam ein graues Laken und ein schmutziges Kopfkissen zu sehen. Es roch leicht nach einem Wanzenmittel. Ich schloss meine Augen, versuchte dem Unterbewussten in mir zu lauschen, der Macht, die nach von Hartmann immer das Richtige trifft. Wer und was hatte mich in diese Kalamität gebracht? Es sah eigentlich so aus, als hätte ich es selbst getan. Ich zog mich aus und benutzte meinen Mantel als zweite Decke. Wenn ich nur mein kleines Notizbuch bei mir hätte! Ich konnte mich an keine einzige Telefonnummer erinnern, außer meiner eigenen und Reisls. In meiner Wohnung in New York war natürlich niemand, und Reisl würde nicht mit mir sprechen. Ich hatte Angst, nicht einschlafen zu können, aber ich schlief sofort tief und fest.

Am nächsten Tag ging ich in eine Telefonzelle und rief Reisl an – als Gespräch, das der Angerufene zu zahlen hat. Es meldete sich niemand. Nach einer Stunde versuchte ich es wieder, dann nach zwei und drei Stunden, ohne Erfolg. Gewöhnlich nahm die Mutter das Telefon ab, wenn Reisl fort war. Hatte sie die Mutter umgebracht und dann sich selbst? Ich versuchte, mich an andere Telefonnummern zu erinnern, aber ich war von Gedächtnisverlust befallen. Es gab nur eine Möglichkeit – irgendeinen Juden zu finden, der vielleicht wusste, wo mein Vortrag heute Abend stattfinden sollte. Aber erst musste ich etwas zu mir nehmen. Ich hatte nicht gefrühstückt, und der Hunger nagte an mir. Ich ging in eine Cafeteria, aß Pfannkuchen und zwei Brötchen und trank Kaffee. Das kostete fünfundachtzig Cents. Mein Vermögen bestand jetzt aus einem Dollar und achtundfünfzig Cents. Zu einem Taxi reichte es nicht mehr.

Ich ging durch die Straßen, bis ich einige Läden fand. Unter den Namen war einer – Morris Shapiro. Dort kann ich vielleicht etwas erfahren, dachte ich. Möglicherweise wollte Morris Shapiro heute Abend zu meinem Vortrag kommen. Ich betrat das Geschäft. Es war groß, aber die Ware war schäbig. Die Tische waren bedeckt mit Nachthemden, Blusen, Kleidern, Sweatern, Schals, Strümpfen – billiger Ramsch aller Art. Es war heller Tag, aber die Lampen brannten. Ich musste an die Geschichte von König Salomon denken. Asmodi, der böse Geist, hatte ihn vierhundert Meilen entfernt von Jerusalem aussetzen lassen. Der König Israels ging herum und rief: »Ich bin Salomon!« Er war wenigstens ein König. Aber wer war ich schon? Einer von Tausenden von Schriftstellern in Amerika – und ein jiddischer noch dazu.

Ich sah mich nach jemandem um, der Morris Shapiro hätte sein können, aber ich sah nur Käuferinnen und Verkäuferinnen. Ich ging auf eine zu. »Ist Morris Shapiro zu sprechen?«

Lächelnd schätzte sie mich ab. »Mr. Shapiro ist nicht im Hause.«

»Wann wird er zurück sein?«

»Was wollen Sie von ihm?«

Stammelnd fing ich an zu erzählen. Sie hörte nur mit halbem Ohr zu. Zwischendurch rief sie einer anderen Verkäuferin etwas zu. Ihr Puppengesicht war von blondgefärbtem, welligem Haar umrahmt.

»Mr. Shapiro ist heute in Chicago«, sagte sie endlich.

»Könnten Sie mir die Adresse einer Synagoge oder eines Rabbiners geben?«

»Ich bin nicht jüdisch. Hallo, Sylvia!«

Sie zeigte auf eine kleine Frau mit schwarzem Haar, die den gleichen hellblauen Kittel trug wie alle anderen Verkäuferinnen. Sylvia war gerade mit einer Kundin beschäftigt. Ich wartete, während eine ältere Frau zweimal eine Schürze anprobierte und sich nicht entscheiden konnte, ob sie sie kaufen sollte. Sylvia stand geistesabwesend neben ihr, Kaugummi im Munde. Schließlich sagte die Kundin: »Ich will mal in den Spiegel schauen.«

Ich fing an, Sylvia von meinem Dilemma zu berichten.

Sie sah ärgerlich aus. Ich verschwendete ihre Zeit. Sie sagte: »Es gibt mehrere Synagogen hier, aber ich glaube, sie sind nur am Sabbat offen.«

»Wissen Sie vielleicht, wo einer der Rabbiner wohnt?«

»Nein. Sehen Sie im Telefonbuch nach.«

»Wo kann ich eines finden?«

»Im Büro der Western Union.«

»Und wo ist das?«

»Über die Straße.«

Ich dankte ihr und ging. Ich konnte das Zeichen der Western Union nirgends finden. Hatte sie mich zum Narren gehalten oder wurde ich blind? Nach meiner Uhr war es jetzt zwei Uhr fünfzehn. In sechs Stunden sollte ich meinen Vortrag halten.

Trotz der Kälte war die Straße gestopft voll mit Fußgängern, und Autos und Lastwagen krochen Stoßstange an Stoßstange vorwärts, wie in New York oder Chicago. Die Leute sahen mürrisch und ungeduldig aus. Eine ältere Frau zog ihren Hund an der Leine. Er hatte an einem Baumstamm haltgemacht und rührte sich nicht. Die Frau fluchte. »Herr des Himmels, wozu hast Du all dies geschaffen?«, murmelte ich. In diesem Augenblick sah ich das Büro der Western Union. Ich ging hinein, griff nach einem Telefonbuch und blätterte bis zu ›J‹. Es gab keine Organisation, die mit dem Wort ›Jewish‹ begann. Die Juden im Mittleren Westen legten offenbar keinen besonderen Wert darauf, ihre Jüdischkeit hervorzuheben. Was sollte ein Mensch unter diesen Umständen tun – sich hinlegen und sterben? Ich hatte meinen Verleger in New York, konnte mich aber nicht an seine Telefonnummer erinnern. Außerdem war das Unternehmen so gut wie bankrott. Kürzlich hatte sich eine Sekretärin beklagt, dass sie schon seit fünf Wochen kein Gehalt bekommen hatte. Und mein Lektor ließ sich gerade scheiden und war irgendwo in Reno.

Ich suchte in den Gelben Seiten unter der Überschrift ›Kirchen‹. Ich fand zwei Synagogen angeführt. Ich wollte schon anrufen, hatte aber keine passenden Münzen. Inzwischen hatte jemand die einzige Telefonzelle betreten. An der Art und Weise, wie er sich dort niederließ, konnte ich erkennen, dass er nicht so bald wieder herauskommen würde.

Während der Jahre, in denen ich meinen Lebensunterhalt mit Schreiben und Vorträgen verdiente, hatte ich den Geschmack der Armut vergessen. Jetzt kam er zurück. Ich hatte spät gefrühstückt, aber ich war wieder hungrig. Ich wartete auf den Angestellten der Western Union, er sollte mir Geld wechseln. Aber er saß an seinem Telegraphenapparat und sah nicht in meine Richtung. Ich dachte, Schriftsteller sollten eben nicht reich werden. Sie sollten nicht einmal ein regelmäßiges Einkommen haben. Die Gutgenährten können die Hungrigen nie verstehen. Leute, die ein Heim haben, können sich niemals mit denen identifizieren, die auf der Straße schlafen. Erinnerung, Phantasie reichen nicht aus. Vielleicht wollte mich die Vorsehung an meine Sendung als Schriftsteller erinnern?

Nachdem ich zehn oder fünfzehn Minuten gewartet hatte, wechselte mir der Angestellte meinen Vierteldollar. Ich rief beide Synagogen an. Keine Antwort bei der ersten. Bei der zweiten kam eine Sekretärin an den Apparat und teilte mir mit, der

Rabbiner sei abwesend – er verbrachte ein Studienjahr in England. Sie wusste von keinem Vortrag, der für den heutigen Abend in der jüdischen Gemeinde angesetzt war. Sie klang irritiert, es würde keinen Sinn haben, ihr meine Geschichte zu erzählen.

Ich leistete einen heiligen Schwur: Wenn mich der Allmächtige aus dieser schrecklichen Lage erlöste, würde ich in Zukunft freundlicher all denen gegenüber sein, die zu mir um Hilfe kamen. Noch einmal – ›zum allerletzten Mal‹, sagte ich mir – rief ich bei Reisl an. Keine Antwort. Es war ganz klar, dass dort eine Katastrophe passiert war. Lea Hinda war gestorben oder hatte einen Herzanfall gehabt. Oder hatte Reisl ihr untersagt, das Telefon anzurühren?

Ich ging zurück in das Hotel und durchsuchte meine drei Anzüge. Vielleicht würde sich ein anderes Notizbuch oder Geld in den Taschen finden. Alles, was ich fand, war eine Stange Kaugummi, mit der ich meinen Hunger stillte. Dann begann ich, mich mit der Aktentasche zu beschäftigen, die ich aus dem Zug mitgenommen hatte. Ich machte meinem Ärger Luft und brach das Schloss auf. Was ich schon vermutet hatte, traf zu: Sie gehörte einer Frau. Ich nahm ein Nachthemd, einen Kosmetikbeutel aus Plastik, Strümpfe, Wäsche, eine Bluse und einen Pullover heraus. Keine Spur eines Namens oder einer Adresse. In meiner Aktentasche war meine Adresse und auch meine New Yorker Telefonnummer, aber selbst wenn die Frau dort anrief, dort war niemand, der antworten könnte. Ich konnte ja nicht einmal sicher sein, dass sie meine Aktentasche hatte. Sie konnte sie auch zu einem Fundbüro gebracht haben. Ich hätte den Bahnhof anrufen sollen, aber die Kräfte verließen mich.

Ich streckte mich auf dem Bett aus und dachte an Selbstmord. Wenn das Leben und die Seelenruhe eines Menschen von einer Aktentasche voller Papiere abhingen, dann war das Leben keinen Pfifferling wert. Man braucht nur ein paar Fetzen Papier zu verlieren, und schon ist man ein Niemand.

Ob ich meine Anzüge verpfänden sollte? Oder meine Uhr? Es war drei Uhr und zwanzig Minuten. In einer Stunde etwa würde es dunkel werden. Die Heizröhren waren kaum lauwarm. Ich hatte mich nicht rasiert, nicht einmal die Zähne geputzt. Stoppeln bedeckten mein Gesicht. Sollte ich zur Polizei gehen? Gab es irgendeine Institution, die für derartige Fälle zuständig war?

Ich döste vor mich hin, riss mich aber dann zusammen. Ich musste nochmals versuchen, Reisl zu erreichen. Es fiel mir ein, dass ich die Auskunft nach den Telefonnummern der Leute fragen konnte, deren Adressen ich wusste. Warum war ich nicht früher darauf gekommen? Meine Schwierigkeit ist, dass ich sofort den Kopf verliere, wenn irgendetwas schiefgeht. Jeder andere in meiner Lage hätte längst einen Ausweg gefunden. Ich schämte mich, so hilflos zu sein, und machte mir Vorwürfe, letzten Endes noch immer ein Jeschiwaschüler zu sein. Wenn es nur nicht so kalt gewesen wäre, vielleicht hätte ich dann auch mehr Energie gehabt. Die Kälte lähmte mich.

Ich zog zwei Pullover an und nahm einen Schal um, ehe ich ausging. Ich fürchtete mich vor der Dunkelheit in dieser fremden, kalten Stadt. Ich ging in einen Drugstore, in der Nähe des Hotels. Ohne hinzusehen, zählte ich das Geld in meiner Tasche. Im Geiste machte ich eine Liste derer, die bereit wären, mir zu helfen. Ich hob einen fortgeworfenen Umschlag vom Boden auf und kritzelte darauf die Namen von Freunden und Bekannten, deren Adressen ich zu wissen glaubte. Das Schlimme war, sicher war ich bei keiner Einzigen.

Es gab vier Kabinen in diesem Drugstore, alle waren besetzt. Während ich wartete, flehte ich den Herrn, dessen Gebote ich nicht gehalten hatte, an, mich von meiner Pein zu erlösen. Ich gelobte, achtzehn Dollar an wohltätige Vereine zu geben. Ein wenig später fügte ich noch einmal achtzehn hinzu. Ich musste Buße tun, davon war ich überzeugt. Ich wurde dafür bestraft, dass ich die Vorschriften der Tora nicht befolgt hatte. Der Spötter in mir machte sich über meine Frömmigkeit lustig und sagte voraus, dass ich wieder mein altes Ich sein würde, sobald ich nach New York zurückkehrte.

Offenbar erhörte Gott mein Gebet. Ich rief die Auskunft der Stadt an, wo ich Gastprofessor war, erhielt die Nummer von Rosalie, und – ich traute meinen Ohren nicht – sie war am Telefon. Nachdem sie meinen Namen gehört hatte, war sie bereit, das Gespräch zu bezahlen. Ich erklärte ihr, was mir zugestoßen war, und sprach mit der Dringlichkeit eines Menschen, der sich in tödlicher Gefahr befindet.

»Ich werde alles tun, was ich kann, mein Lieber«, sagte sie.

»Ich werde dir telegraphisch Geld schicken. Ich würde es selber bringen, aber ich habe morgen eine Verabredung mit meinem Doktorvater.«

»Rosalie, bis zu meinem letzten Atemzug werde ich dir das nie vergessen. Natürlich zahle ich dir das Geld gleich zurück.«

»Warum bist du so verängstigt? Finde doch heraus, wo du den Vortrag halten sollst.«

»Aber wie?«

»Geh zur Polizei. Die finden alles, was sie wollen.«

Ich gab Rosalie die Adresse meines Hotels. Wiederum schwor ich ihr ewige Dankbarkeit.

Sie sagte: »Ich wünschte, ich könnte zu dir kommen. Ich habe meine Doktorarbeit satt.«

Mit zitternder Hand legte ich auf, überwältigt von meinem Erfolg, als sei ich soeben vom Tode errettet worden. Ich war voller Liebe zu Rosalie. Sie war ausschweifend, und sie rauchte Marihuana, aber der göttliche Funke war noch lebendig in ihr, denn sie war bereit, einem anderen Menschen zu helfen. Sie ist tausendmal besser als Reisl, schrie eine Stimme in mir. Ich war bereit, Rosalie vom Fleck weg zu heiraten. Ihre Vergangenheit ging mich nichts an. Was wir brauchten, war ein neues Verhältnis zwischen den Geschlechtern. Der Langeweile und dem Betrug des heutigen Familienlebens musste ein Ende gemacht werden.

Meine Münze war durchgefallen, und ich steckte sie wieder in den Schlitz, um nochmals Reisls Nummer anzurufen. Eine übernatürliche Macht sagte mir, diesmal würde ich sie erreichen. Ich sah sie vor mir, wie sie in der Nähe des Telefons stand. Ich hörte es läuten und dann ihre Stimme. Atemlos sagte ich: »Reisl, ich flehe dich an, bei allem was dir heilig ist, bitte nimm dieses Gespräch an.«

»Wollen Sie dieses Gespräch bezahlen oder nicht?«, fragte die Telefonistin ungeduldig.

Nach kurzem Zögern sagte Reisl ja. Ihre Stimme klang heiser, als ob sie sich gestritten oder geweint hätte.

»Reisl, mir ist etwas Schreckliches passiert. Ich habe meine Aktentasche verloren, meine Travellerschecks und mein kleines Notizbuch. Ich habe keinen Pfennig, und ich sitze fest in einem kalten, verdächtig aussehenden Hotel in dieser Stadt. Höre mich an, wenn du nur noch einen Funken Menschlichkeit in dir hast.«

»Wo bist du – du Mörder, Hund, du Biest?«

»Reisl, jetzt ist nicht die Zeit für Auseinandersetzungen. Es sei denn, du willst, dass ich sterbe.«

Da Rosalie mir schnellste Hilfe versprochen hatte, war mir klar, dass ich nicht mehr verzweifeln musste. Aber ich war doch nicht so sicher, ob sie ihr Versprechen halten würde. Ich erzählte Reisl die ganze Geschichte, stöhnend, zitternd, beschämt darüber, wie ich meine Gefahr übertrieb.

»Wahrscheinlich hast du eine deiner Nutten getroffen, und sie hat dich ordentlich ausgenommen.«

»Ich schwöre dir, ich sage die Wahrheit.«

Sie schwieg einen Augenblick. »Was soll ich denn tun?«, sagte sie dann. »Ich kann Mutter nicht allein lassen.«

»Dann telegraphiere mir wenigstens etwas Geld. Ich muss raus aus diesem Rattenloch.«

»Gut. Gib mir deine Adresse.«

Ich sagte ihr, wo ich war. Wenn die beiden Frauen ihr Versprechen hielten, würde ich zwei telegraphische Geldanweisungen bekommen, aber man weiß ja nie, wie Menschen sich verhalten oder was sonst geschehen kann. Jedenfalls hatte mir das Schicksal geholfen, sowohl Reisl wie Rosalie telefonisch zu erreichen – ein sicheres Zeichen, dass ich noch nicht umkommen sollte.

Wieder auf der Straße, fühlte ich mich völlig erschöpft von der Kälte, dem Wind und meiner Erregung. Ich ging in einen Supermarkt und kaufte Milch und Brot. Nun blieben mir noch vierundneunzig Cents. Als ich herauskam, war es schon dunkel. Obwohl ich mir den Weg gemerkt hatte, fand ich doch nur mit Mühe in das Hotel zurück. Es wurde immer kälter und meine Nase gefühllos. Ein nebliger Dunst verhinderte die Sicht. Alle paar Minuten fühlte ich in meiner Tasche, ob der Zimmerschlüssel und das Stück Papier mit der Hoteladresse noch da waren. Am Rande des Bürgersteigs hackten Tauben nach einer Brotkruste, die jemand ihnen zugeworfen hatte. Sie konnten weder damit fertig werden, noch es aufgeben. Diese Geschöpfe erfüllten mich mit Mitleid für sie und Wut gegen ihren Schöpfer. Wo verbrachten sie die Nacht bei diesem schrecklichen Wetter? Ihnen musste kalt sein, und sie waren sicher hungrig. Vielleicht werden sie in dieser Nacht sterben. Ich hätte ihnen gern das Stück Brot zerkleinert, aber ich wusste, sie würden wegfliegen, sobald ich mich dem Brot näherte. Ich nahm mein Brot heraus, zerkleinerte einige Stücke und streute sie ihnen hin. Vorübergehende rempelten mich an, aber die Tauben nahmen meine Gabe. Ich biss mehr Brot ab und warf es ihnen hin.

Ein Polizist kam auf mich zu. »Sie behindern den Verkehr«, sagte er. »Außerdem gibt es ein Gesetz, das Taubenfüttern in den Straßen verbietet.«

»Aber sie sind hungrig.«

»So hungrig auch wieder nicht.« Er sah mich ärgerlich an. Ich ging weiter, aber sobald er außer Sicht war, warf ich den Tauben noch ein Stückchen Brot zu. Erschreckt flogen sie davon. Die Kabbalisten haben recht: Die Unsere ist die schlechteste aller Welten. Hier herrscht Satan. Ich fragte jemanden nach dem Weg. Es stellte sich heraus, ich stand genau neben dem Eingang zum Hotel.

Der Hotelangestellte rief herüber: »Wie lange werden Sie bleiben?«

»Ein oder zwei Tage. Ich erwarte telegraphische Geldüberweisungen.«

Er sah mich von oben bis unten zweifelnd an. »Ihr Zimmer ist ab übermorgen besetzt.«

Ich ging nach oben und setzte mich zu meinem Abendessen hin. Wie mir das frische Brot und die Milch schmeckten. Jeder Schluck machte mich lebendiger. Ich aß im Halbdunkel. Ich kostete die Heiligkeit der Armut. Plötzlich fiel mir ein, ich hatte keinerlei Ausweis bei mir. Selbst wenn das Geld kam, vielleicht würden sie es mir nicht aushändigen. Was täte ich dann? In diesem Augenblick hörte ich Schritte und ein heftiges Klopfen an meiner Tür. Ich sprang auf. Meine Finger fummelten an dem Türschloss. Im Licht des Korridors sah ich den Hotelangestellten und mehrere andere Herren.

Einer von ihnen sagte: »Warum ist es so dunkel?« Dann nannte er meinen Namen. In wenigen Minuten hatte sich alles aufgeklärt. Die Organisation, die mich eingeladen hatte, hatte schon die ganze Stadt abgesucht. Ich machte das Licht an. Ich sah die Gesichter wohlsituierter Gemeinderepräsentanten. Alle redeten auf einmal. Den ganzen Tag suchten sie mich schon. Sie hatten in Hotels, bei der Bahn, am Flughafen nachgefragt. Man hatte auch die Polizei informiert. Die Frau mit meiner Aktentasche hatte angerufen. Dann fiel einem von ihnen ein, ich könnte in ein falsches Hotel gegangen sein. Das elende Loch, in dem ich mich befand, hatte einen ähnlichen Namen wie das Luxushotel, in dem ein Zimmer für mich bereitstand.

Einer sagte stolz: »Vor uns können Sie sich nicht verstecken.«

»Er ist ein Sherlock Holmes«, sagte ein anderer und zeigte auf den ersten Sprecher.

Sie machten Witze und lachten. Einer stellte sich als der Präsident vor und zeigte verächtlich auf das halbgegessene Brot und die Milch. »Kommen Sie sofort mit«, rief er, »der Saal ist ausverkauft.«

»Ich habe meinen Vortrag nicht bei mir. Er ist in meiner Aktentasche.«

»Wir werden jemanden hinschicken, sie abzuholen. Es ist nur fünfzehn Meilen von hier. Die Frau, die sie hat, ist unser Mitglied.«

»Aber ich habe mir Geld hierher anweisen lassen.«

»Das wird man weiterleiten an das Hotel, wohin wir Sie jetzt bringen.«

Einer nahm meinen Kleidersack, ein anderer die Aktentasche, die nicht mehr zuging. Ich bemerkte, dass ich die Rechnung noch nicht bezahlt hätte, aber der Präsident sagte, es sei schon erledigt. Unten starrte mich der Angestellte überrascht an. Er nickte und entschuldigte sich. Das Blitzlicht von Fotografen flammte auf. Ich hätte mich über die Ereignisse freuen sollen, stattdessen war ich traurig. Dämonen hatten ihr Spiel mit mir getrieben. Ich wusste, es war nicht ihr letzter Streich gewesen.

Man fuhr mich in einer Limousine zum feinsten Hotel. Ich hatte kaum Zeit, mich zu rasieren, zu duschen und mich umzuziehen, und schon wirbelte man mich in ein Restaurant zu einem Essen mit vielen Leuten. Inzwischen brachte jemand meine Aktentasche. Dann kam ein Journalist des Lokalblatts, um mich zu interviewen.

Spät am Abend, in meinem Hotelzimmer, rief ich Reisl und Rosalie an. Wie einfach es war, von einem großen Hotel aus zu telefonieren, die Taschen voll mit Travellerschecks und dazu noch das Honorar für den soeben gehaltenen Vortrag. Beide waren nicht zu Hause. Ich ging zu Bett und sank in einen tiefen Schlaf. Ich erwachte gegen zehn am nächsten Morgen, badete und bestellte das Frühstück. Ich musste im Hotel bleiben, bis das Geld kam. Ich brauchte es zwar nicht mehr unbedingt, aber es war mir wichtig zu wissen, ob sie Wort gehalten hatten. Außerdem musste ich mich erst von diesem schrecklichen Erlebnis erholen.

Gegen ein Uhr kam der Präsident, um mich zum Lunch abzuholen. Dann zeigte er mir im Wagen die Stadt. Wir kamen an Morris Shapiros Geschäft vorbei. Ich blickte hinüber zu dem Büro der Western Union und erkannte die Cafeteria, wo ich gefrühstückt hatte. Der Präsident drehte dauernd eine Zigarre zwischen den Fingern und wiederholte, M. sei nur eine kleine Stadt. Er schien sich für die Kleinheit zu entschuldigen.

Ich sagte: »Trotzdem kann man hier leicht verlorengehen.«

»Unmöglich!«

Er wollte mir alles zeigen, was die Stadt zu bieten hatte: das Museum, Schulen, die landwirtschaftliche Hochschule. Aber ich hatte wenig Geduld für all dies. Ich war noch müde und hatte gehofft, vor dem Essen, zu dem mich der Vorsitzende abholen würde, noch etwas schlafen zu können.

Endlich fuhr mich der Präsident ins Hotel zurück. Es war schon dunkel. Die Fensterscheiben sahen bläulich aus. Ich legte mich in den Kleidern hin. Von Zeit zu Zeit fühlte ich in meiner Hüfttasche nach den Travellerschecks. Ich schlief ein.

Ein Klopfen weckte mich. Es war ganz dunkel. Erschreckt richtete ich mich auf. Ich wusste nicht, wo ich war. Meine Beine waren kraftlos, wie nach einer Krankheit. Ich öffnete die Tür. Im Licht des Korridors sah ich zwei mir wohlbekannte Gesichter: Reisl und Rosalie. Ich starrte sie an. Reisl trug den schäbigen Pelzmantel, den sie in einem deutschen Lager erstanden hatte. Auf dem Kopf hatte sie einen weißen Schal. Rosalie trug auch einen

Pelzmantel. Beide schleppten Taschen. Ich war zu verschlafen, um erstaunt zu sein.

Rosalie sagte: »Nun, willst du uns nicht hereinbitten?«

Sie hatten offenbar beide beschlossen, persönlich zu kommen, um mich aus meiner Lage zu befreien. Sie hatten sich vielleicht in dem anderen Hotel getroffen, dachte ich, oder in dem Flugzeug, das einen Zwischenhalt in Chicago machte. Ich war viel zu müde, nach einer Erklärung zu fragen oder mich zu rechtfertigen. Ich war erstarrt. Ich sah sie lange Zeit an. Die Kobolde hatten mir einen neuen Streich gespielt – sie hatten nicht vor, mich in Ruhe zu lassen. Rosalie lachte mit den Augen. Reisl sah mich mit spöttischem Mitleid an. War dies mein endgültiger Untergang? Oder hatten die höheren Mächte ein Gebet erhört, das ich gar nicht auszusprechen gewagt hatte?

Ich hörte mich sagen: »Kommt herein. Mazel tow! Dies ist die Nacht der Wunder.«

Allein

I

In der Vergangenheit habe ich oftmals gewünscht, das Unmögliche möge geschehen – und dann geschah es. Aber obwohl mein Wunsch in Erfüllung ging, geschah das in einem so heillosen Durcheinander, dass es den Anschein hatte, die verborgenen Mächte versuchten mir zu zeigen, dass ich meine eigenen Bedürfnisse schlecht kenne. Folgendes trug sich in jenem Sommer in Miami Beach zu. Ich lebte in einem großen Hotel voll von südamerikanischen Touristen, die dort die Kühle genießen wollten, und von Leuten wie ich, die an Heuschnupfen litten. Ich hatte von allem genug – mit diesen lauten Gästen im Meer herumzuplanschen; den ganzen Tag lang Spanisch zu hören; zweimal am Tag schwere Mahlzeiten zu mir zu nehmen. Las ich eine jiddische Zeitung oder ein jiddisches Buch, so sahen mich die anderen erstaunt an. So kam es, dass ich eines Tages auf einem Spaziergang laut sagte: »Ich wünschte, ich wäre allein in einem Hotel.« Ein Kobold musste mich belauscht haben, denn unverzüglich stellte er mir eine Falle.

Als ich am nächsten Morgen zum Frühstück herunterkam, fand ich die Hotelhalle in einem großen Durcheinander. Die Gäste standen in kleinen Gruppen umher, ihre Stimmen waren lauter als gewöhnlich. Überall waren Koffer aufgestapelt. Hotelboys rannten mit Wägelchen, die mit Kleidern vollgepackt waren, herum. Ich fragte jemanden, was los sei. »Haben Sie denn nicht die Ankündigung über den Lautsprecher gehört? Das Hotel wird geschlossen.« – »Warum?«, fragte ich. »Sie sind pleite.« Der Mann ging weiter, verärgert über meine Ahnungslosigkeit. Das war ein Rätsel: Das Hotel wurde geschlossen! Dabei machten sie gute Geschäfte, soweit mir bekannt war. Und wie konnte man so plötzlich ein Hotel mit Hunderten von Gästen schließen? Aber ich wusste, in Amerika war es besser, nicht zu viele Fragen zu stellen.

Die Klimaanlage war schon abgeschaltet worden, und die Luft in der Halle war muffig. Eine lange Schlange von Gästen stand am Empfang, um die Rechnung zu bezahlen. Überall war Unruhe. Leute traten ihre Zigaretten auf dem Marmorfußboden aus. Kinder rissen Blätter und Blüten von den Töpfen mit tropischen Pflanzen. Einige Südamerikaner, die gestern noch vorgaben, reinrassige Lateinamerikaner zu sein, sprachen jetzt laut jiddisch. Ich hatte nur wenig zu packen, nur einen Koffer. Ich nahm ihn und begab mich auf die Suche nach einem anderen Hotel. Draußen erinnerte mich die brennende Sonne an eine Geschichte aus dem Talmud – wie Gott in der Ebene von Mamre die Sonne verdunkelt hatte, damit Abraham nicht von Fremden gestört werde. Ich fühlte mich schwindlig. Ich erinnerte mich meiner Junggesellenzeit, als ich sorglos meinen ganzen Besitz in einem Koffer verstaut hatte, losgegangen war und innerhalb von fünf Minuten ein neues Zimmer gefunden hatte. Als ich an einem kleinen Hotel vorbeikam, das etwas heruntergekommen aussah, las ich ein Schild: »Außerhalb der Saison Preise ab 2 Dollar pro Tag.« Was konnte noch billiger sein? Ich ging hinein. Es gab keine Klimaanlage. Ein buckliges Mädchen mit schwarzen, durchdringenden Augen stand hinter dem Empfang. Ich fragte sie, ob ich ein Zimmer haben könne.

»Das ganze Hotel«, antwortete sie.

»Wohnt hier niemand?«

»Niemand.« Das Mädchen lachte und ließ große Zahnlücken sehen. Sie sprach mit spanischem Akzent.

Sie sei aus Kuba gekommen, erzählte sie mir. Ich nahm ein Zimmer. Die Bucklige führte mich zu einem kleinen Lift, der uns zum dritten Stock hinauffuhr. Dort gingen wir einen langen, dunklen Korridor entlang, der von einer einzigen Birne schlecht beleuchtet war. Sie öffnete die Tür und ließ mich, wie einen Gefangenen in die Zelle, in mein Zimmer eintreten. Das Fenster, das auf den Atlantischen Ozean hinausging, war mit Moskitonetzen verhängt. Die Farbe blätterte von den Wänden, und der Teppich am Boden war abgetreten und farblos. Das Badezimmer roch schimmlig, der Schrank nach Mottenpulver. Die Bettwäsche war sauber, aber feucht. Ich packte meine Sachen aus und ging hinunter. Alles gehörte mir allein: das Schwimmbassin, der Strand, der Ozean. Im Innenhof standen einige ausgebleichte Liegestühle. Überall brannte die Sonne. Das Meer war gelb, die Wellen flach und faul, fast unbeweglich, als ob auch sie von der Hitze ermüdet seien. Nur ab und zu schleuderten sie aus Pflichtbewusstsein ein wenig Schaum empor. Eine einsame Möwe stand am Rand des Wassers, unentschlossen, ob sie einen Fisch fangen solle oder nicht. Hier, vor meinen Augen, in Sonnenlicht getaucht, breitete sich eine Sommermelancholie aus – seltsam, denn Melancholie bedeutet eher Herbst. Die Menschheit, so schien es, war in einer Katastrophe umgekommen, und nur ich war übriggeblieben, wie Noah, aber in einer leeren Arche, ohne Söhne, ohne Frau, ohne irgendwelche Tiere. Ich hätte nackt schwimmen können, aber ich zog doch meine Badehose an. Das Wasser war so warm, dass der Ozean eine Badewanne hätte sein können. Lose Bündel von Tang schwammen herum. In dem ersten Hotel hatte mich Schüchternheit gehemmt, hier war es Einsamkeit. Wer kann in einer leeren Welt Spiele spielen? Ich konnte ein wenig schwimmen, aber wer würde mich retten, wenn etwas passieren sollte? Die verborgenen Mächte hatten mir ein leeres Hotel besorgt – aber sie konnten ebenso gut einen Sog, ein tiefes Loch, einen Haifisch oder eine Seeschlange für mich bereithalten. Wer mit dem Unbekannten spielt, muss doppelt vorsichtig sein.

Nach einiger Zeit ging ich aus dem Wasser und legte mich auf einen der schlaffen Liegestühle. Mein Körper war weiß, mein Kopf unbedeckt, und obwohl meine Augen von dunklen Gläsern geschützt waren, drangen die Sonnenstrahlen hindurch. Der hellblaue Himmel war wolkenlos. Die Luft roch nach Salz, Fisch und Mangos. Ich hatte das Gefühl, zwischen dem Organischen und dem Anorganischen gebe es keine Grenze. Alles um mich herum, jedes Sandkorn, jeder Stein, atmete, wuchs und war begehrlich. Durch die himmlischen Kanäle, die, wie die Kabbala sagt, den Fluss der göttlichen Gnade lenken, kamen Wahrheiten, die in nördlichen Bereichen unbegreiflich waren. Ich hatte allen Ehrgeiz verloren; ich war faul; meine wenigen Bedürfnisse waren geringfügiger und materieller Art – ein Glas Limonade oder Orangensaft. In meiner Phantasie zog eine glutäugige Frau auf ein paar Nächte in das Hotel. Ich hatte ja nicht gemeint, ich wolle ein Hotel ganz für mich allein. Der Kobold hatte mich entweder missverstanden oder gab vor, mich missverstanden zu haben. Wie alle Formen des Lebens, so wollte auch ich fruchtbar sein und mich mehren – oder zumindest das dazu Nötige erfüllen. Ich war bereit, alle moralischen oder ästhetischen Ansprüche zu vergessen. Ich war bereit, meine Schuld mit einem Laken zu bedecken und, wie ein Blinder, mich ganz dem Tastgefühl zu überlassen. Gleichzeitig klopfte in meinem Gehirn die ewige Frage: Wer steht hinter der Welt der Erscheinungen? Ist es das Wesen mit den unendlichen Attributen? Ist es die Monade aller Monaden? Ist es das Absolute? Der blinde Wille? Das Unbewusste? Irgendeine Art höheren Wesens muss sich hinter all diesen Illusionen verstecken.

Auf dem Meer, das am Ufer ölig gelb, weiter draußen glasgrün war, wanderte ein Segel wie eine verhüllte Leiche über das Wasser. Sie war vorwärts gebeugt, und es sah aus, als versuche sie, etwas aus der Tiefe heraufzuholen. Droben flog ein kleines Flugzeug, das eine Reklame hinter sich herzog: Margolies' Restaurant – Koscher, 7 Gänge, 1 Dollar 75. Die Schöpfung war also noch nicht zum urzeitlichen Chaos zurückgekehrt. In Margolies' Restaurant servierte man noch immer Suppe mit Kascha und Klößen, Knisches und gefüllten Rindsdarm. Und morgen würde ich vielleicht einen Brief erhalten. Man hatte mir versprochen, die Post nachzuschicken. Das war, hier in Miami, die einzige Verbindung zur Welt. Ich bin immer erstaunt, wenn mir jemand geschrieben hat, sich die Mühe gemacht hat, die Marken aufzukleben und den Umschlag abzuschicken. Ich suche nach geheimnisvollen Bedeutungen, selbst auf der unbeschriebenen Seite des Papiers.

2

Wie lang der Tag sein kann, wenn man allein ist! Ich las ein Buch und zwei Zeitungen, trank in einer Cafeteria eine Tasse Kaffee und löste ein Kreuzworträtsel. Ich ging in ein Geschäft, in dem Perserteppiche versteigert wurden, und in ein anderes, in dem Aktien verkauft wurden. Gewiss, ich war in der Collins Avenue in Miami Beach, aber ich fühlte mich wie ein Geist, von allem abgeschnitten. Ich ging in eine Bibliothek und fragte dort etwas – der Bibliothekar fürchtete sich vor mir. Ich kam mir vor wie ein bereits Verstorbener, dessen Platz schon wieder besetzt war. Ich kam an vielen Hotels vorbei, jedes hatte besondere Dekorationen und Attraktionen. Die Palmen trugen an der Spitze halbverwelkte Fächerwedel, und ihre Kokosnüsse hingen herunter wie schwere Hoden. Alles schien bewegungslos, selbst die glänzenden neuen Autos, die über den Asphalt glitten. Jeder Gegenstand führte sein Dasein mit jener mühelosen Kraft weiter, die vielleicht das Wesen allen Seins ist.

Ich kaufte ein Magazin, war aber nach ein paar Zeilen unfähig weiterzulesen. Ich bestieg einen Autobus und fuhr ziellos über Dämme und Inseln mit ihren Teichen und von Villen gesäumten Straßen. Die Bewohner hatten auf Ödland gebaut und es mit Bäumen und blühenden Pflanzen aus der ganzen Welt bepflanzt; sie hatten die flachen Einbuchtungen des Meeres aufgefüllt; sie hatten architektonische Wunder vollbracht und sorgfältige Pläne für Vergnügungen durchgeführt. Geplanter Hedonismus. Aber die Langeweile der Wüste war geblieben. Weder laute Musik noch Grellheit konnte sie vertreiben. Wir kamen an einem Kaktus vorbei, dessen platte Formen und staubige Nadeln eine rote Blüte hervorgebracht hatten. Wir fuhren dicht an einem See vorüber, der von einer Gruppe von flügelschlagenden Flamingos umgeben war, und das Wasser spiegelte ihre langen Schnäbel und rosa Federn wider. Eine Versammlung von Vögeln. Wilde Enten flogen quakend vorbei – das Sumpfland ließ sich nicht vertreiben.

Ich sah aus dem offenen Fenster des Autobusses. Alles, was ich sah, war neu, dennoch schien es alt und verbraucht zu sein: Großmütter mit gefärbtem Haar und geschminkten Backen, Mädchen in Bikinis, die kaum das Nötigste bedeckten, gebräunte junge Männer, auf Wasserskis Coca-Cola trinkend.

Auf dem Deck einer Jacht lag ein alter Mann, der seine rheumatischen Beine sonnte und seine weißbehaarte Brust der Sonne darbot. Er lächelte müde. Neben ihm stocherte seine Geliebte, der er sein Vermögen vermacht hatte, mit roten Fingernägeln zwischen ihren Zehen, ihres Charmes so sicher wie des morgigen Sonnenaufgangs. Am Heck stand ein Hund, der hochmütig das Kielwasser der Jacht betrachtete und gähnte.

Bis zur Endhaltestelle dauerte es sehr lange. Dort angekommen, bestieg ich einen anderen Autobus. Wir fuhren an einem Landesteg vorbei, wo frischgefangene Fische gewogen wurden. Ihre seltsamen Farben, blutigen Hautwunden, glasigen Augen, mit geronnenem Blut gefüllten Mäuler und ihre scharfen Zähne – all dies war Beweis einer Verruchtheit, die abgrundtief war. Männer nahmen die Fische mit grässlichem Vergnügen aus. Der Autobus fuhr an einer Schlangenfarm und einer Affenkolonie vorüber. Ich sah von Termiten zerfressene Häuser und einen Teich mit brackigem Wasser, in dem die Nachkommen der Urschlange herumkrochen und durcheinanderglitten. Papageien schrien mit schneidender Stimme. Zuweilen bliesen seltsame Gerüche durch das Autobusfenster, ein so dichter Gestank, dass mein Kopf zu dröhnen begann.

Glücklicherweise ist der Tag im Süden kürzer als im Norden. Der Abend bricht plötzlich herein, ohne Dämmerung. Über den Lagunen und den Straßen hing eine Dschungeldunkelheit, die kein Licht durchdringen konnte. Autos glitten vorüber, mit matt leuchtenden Scheinwerfern. Der Mond stieg riesengroß und rot herauf; er hing am Himmel wie der Globus eines Geographen, aber seine Karte war nicht von dieser Welt. Die Nacht hatte eine Aura des Wunders und des kosmischen Wandels. Eine Hoffnung, die mich nie verlassen hatte, erwachte wieder in mir: War es mir bestimmt, eine Umwälzung des Sonnensystems zu erleben? Vielleicht würde der Mond herunterstürzen. Vielleicht würde die Erde sich aus ihrer Bahn um die Sonne losreißen und in andere Konstellationen eintreten.

Der Autobus schlängelte sich durch unbekannte Gegenden, ehe er zur Lincoln Road und den Geschäften zurückkehrte, die im Sommer halb leer waren, aber noch immer alles bereithielten, was ein reicher Tourist sich nur wünschen konnte – einen Hermelinumhang, eine Chinchillastola, einen zwölfkarätigen Diamanten, eine Originalzeichnung von Picasso. Die geckenhaften Verkäufer, überzeugt von der Gewissheit, dass jenseits des Nirwana das Karma pulsierte, unterhielten sich in den klimatisierten Räumen. Ich hatte keinen Hunger; trotzdem ging ich in ein Restaurant, in dem eine Kellnerin mit frischgebleichter Dauerwelle mir ein ganzes Menü servierte, ruhig und ohne Getue. Ich gab ihr einen halben Dollar. Als ich ging, schmerzte mein Magen, und mein Kopf war schwer. Die Luft des späten Abends, von der Sonne gedörrt, nahm mir fast den Atem, als ich hinausging. Auf einem nahegelegenen Gebäude blinkte ein Neonzeichen die Temperatur – 36 Grad und entsprechend hohe Luftfeuchtigkeit. Ich brauchte keinen Meteorologen, um das festzustellen. In dem glühenden Himmel zeigten sich bereits Blitze, den Donner hörte ich noch nicht. Eine riesige Wolke senkte sich herab, breit wie ein Berg, gefüllt mit Wasser und Feuer. Einzelne Regentropfen fielen auf meinen kahlen Schädel. Die Palmen sahen versteinert aus, erwarteten den Angriff. Ich eilte zurück zu meinem leeren Hotel, ich wollte vor dem Regen dort sein; außerdem hoffte ich Post vorzufinden. Aber ich hatte kaum die Hälfte der Strecke zurückgelegt, als das Unwetter hereinbrach. Ein Guss, und ich war wie von einer riesigen Welle durchnässt. Ein feuriger Stab erleuchtete den Himmel, und im gleichen Augenblick hörte ich den Donner krachen – ein Zeichen, dass das Gewitter sehr nah war. Ich wollte irgendwo hineinlaufen, aber Stühle, die von nahe gelegenen Veranden fortgeblasen wurden, überschlugen sich vor mir und versperrten den Weg. Schilder fielen herunter. Die Spitze einer Palme, vom Wind abgerissen, flog vor meinen Füßen vorbei. Ich sah eine zweite in Sackleinwand gehüllte Palme sich vor dem Wind beugen, bereit, in die Knie zu gehen. In meiner Verwirrung lief ich weiter, dabei in so tiefe Pfützen geratend, dass ich fast ertrank. Ich rannte mit der Leichtigkeit der Jugend. Die Gefahr hatte mich wagemutig gemacht, und ich schrie und sang in Übereinstimmung mit dem Gewitter. Inzwischen war der Verkehr zum Stillstand gekommen, man hatte sogar die Autos verlassen. Aber ich lief weiter, entschlossen, diesem

Irrsinn zu entkommen oder unterzugehen. Ich musste den Expressbrief haben, den niemand geschrieben hatte und den ich nie erhielt.

Ich weiß noch heute nicht, wie ich das Hotel erkannte. Ich betrat die Halle und stand für eine Weile still, während das Wasser von meinen Kleidern auf den Teppich tropfte. In dem Spiegel an der gegenüberliegenden Wand spiegelte sich meine halbaufgelöste Figur wie eine Gestalt in einem kubistischen Bild. Es gelang mir, zum Fahrstuhl zu gehen und zum dritten Stock hinaufzufahren. Die Tür meines Zimmers stand offen: Drinnen flogen Moskitos, Motten, Glühwürmchen und Mücken herum, die sich vor dem Gewitter in Sicherheit gebracht hatten. Der Wind hatte das Moskitonetz heruntergerissen und die Papiere, die ich auf dem Tisch gelassen hatte, verstreut. Der Teppich war durchnässt. Ich trat an das Fenster und blickte auf den Ozean hinaus. Die Wellen stiegen auf wie Berge inmitten des Wassers – ungeheuerliche Wogen, die bereit waren, ein für allemal die Ufer zu überschwemmen und das Land hinwegzuspülen. Die Wasser heulten mit Groll und versprühten weißen Schaum in die Dunkelheit der Nacht. Die Wellen bellten den Schöpfer an wie eine Hundemeute. Mit aller Kraft, die ich noch hatte, zog ich das Fenster herunter und auch das Rouleau. Ich hockte mich auf den Boden, um meine nassen Bücher und Manuskripte zusammenzusuchen. Mir war heiß. Schweiß von meinem Körper vermischte sich mit den Regenbächen. Ich zog meine Kleider aus, und sie lagen neben meinen Füßen wie Muscheln. Ich fühlte mich wie ein Geschöpf, das gerade aus seinem Kokon geschlüpft war.

3

Das Gewitter hatte seinen Höhepunkt noch nicht erreicht. Der heulende Wind krachte und knallte wie mit schweren Hämmern. Das Hotel schien ein Schiff auf dem Ozean zu sein. Irgendetwas löste sich und flog herunter – das Dach, ein Balkon, ein Stück Mauer. Eisengitter zerbrachen. Metall ächzte. Fenster lösten sich aus ihren Rahmen. Die Fensterscheiben klirrten. Das schwere Rouleau vor meinem Fenster flatterte so leicht nach oben wie ein Vorhang. Das Zimmer wurde von dem blendenden Licht einer Feuersbrunst erhellt. Dann kam ein so starker Donnerschlag, dass ich vor Angst lachte. Eine weiße Gestalt erschien aus der Dunkelheit. Mein Herz hämmerte, mein Gehirn erzitterte. Ich hatte immer gewusst, dass früher oder später einer aus dieser Sippschaft auftauchen würde, so voll der

Schrecken, die nie berichtet worden sind, da niemand, der sie erlebt hatte, am Leben geblieben war und berichten konnte. Ich lag ruhig da, bereit für das Ende.

Dann hörte ich eine Stimme: »Bitte entschuldigen, mein Herr, ich große Angst haben. Sie schlafen?« Es war die kubanische Bucklige.

»Nein, kommen Sie herein«, sagte ich.

»Ich zittern. Ich denke, vor Angst sterben«, sagte die Frau. »Sturm wie dies noch nie gewesen. Sie allein in Hotel. Bitte entschuldigen, wenn störe.«

»Sie stören mich nicht. Ich würde Licht machen, aber ich bin nicht angezogen.«

»Nein, nein. Nicht nötig... Ich haben Angst allein. Bitte mich lassen bleiben, bis Gewitter vorbei.«

»Gewiss. Sie können sich hinlegen, wenn Sie wollen. Ich setze mich auf den Stuhl.«

»Nein, ich sitzen auf Stuhl. Wo ist Stuhl, mein Herr? Ich nicht sehen.«

Ich stand auf, fand die Frau in der Dunkelheit und geleitete sie zu dem Lehnstuhl. Zitternd schleppte sie sich hinter mir her. Ich wollte zum Schrank gehen, um etwas anzuziehen, aber ich stolperte über das Bett und fiel hinein. Schnell bedeckte ich mich mit dem Laken, so dass mich die Fremde im Licht der Blitze nicht nackt sehen würde. Bald darauf kam wieder ein Blitzstrahl, und ich sah sie im Stuhl sitzen, ein abstoßendes Geschöpf in einem übergroßen Nachthemd, bucklig, mit wirren Haaren, langen behaarten Armen und krummen Beinen wie ein tuberkulöser Affe. Ihre weit aufgerissenen Augen drückten die Angst eines Tieres aus.

»Haben Sie keine Angst«, sagte ich. »Das Gewitter wird bald vorüber sein.«

»Ja, ja.«

Ich legte meinen Kopf auf das Kissen und lag still in dem unheimlichen Gefühl, der spöttische Kobold wolle meinen letzten Wunsch erfüllen. Ich hatte ein Hotel für mich allein haben wollen – und ich hatte es. Ich hatte von einer Frau geträumt, die wie Ruth zu Boas in mein Zimmer kommen würde – eine Frau war gekommen. Jedes Mal wenn ein Blitz aufleuchtete, trafen meine Augen die ihren. Sie sah mich mit gespannter Aufmerksamkeit an, so still wie eine Hexe, die jemanden verzaubert. Ich hatte mehr Angst vor der Frau als vor dem Sturm. Ich war einmal in Havanna gewesen, und dort hatte ich die Mächte der Finsternis noch im Besitz ihrer alten Kräfte gefunden. Nicht einmal die Toten wurden in Ruhe gelassen – man grub ihre Knochen aus. In der Nacht hatte ich die Schreie der Kannibalen gehört und das Weinen der Mädchen, deren Blut auf den Altären der Götzenanbeter verspritzt wurde. Sie kam von dorther. Ich wollte eine Beschwörungsformel gegen den bösen Blick sprechen und zu den Geistern beten, die das letzte Wort haben, dass mich diese Hexe nicht überwältige. Schaddaj, Allmächtiger, rief es in mir, zerstöre Satan. Inzwischen krachte der Donner, das Meer tobte, und die Wellen brachen mit wässrigem Gelächter. Die Wände des Zimmers wurden scharlachrot. In dem höllischen Licht kauerte die kubanische Hexe wie ein Raubtier, das dabei ist, die Beute zu packen – der offene Mund ließ die verfaulten Zähne sehen; das verfilzte Haar und die mit schwarzen Haaren bedeckten Arme und Beine; die mit Karbunkeln und Knoten bedeckten Füße. Ihr Nachthemd war verrutscht und ließ die runzeligen gewichtlosen Brüste sehen. Es fehlten nur Schnauze und Schwanz.

Ich muss eingeschlafen sein. Im Traum betrat ich eine Stadt mit steilen, engen Gassen und heruntergelassenen Rollläden, in tiefster Finsternis und dem Schweigen des Schwarzen Sabbat. Katholische Beerdigungsprozessionen folgten einander endlos, mit Kreuzen und Särgen, Hellebarden und brennenden Fackeln. Nicht eine, sondern viele Leichen wurden zum Friedhof getragen – ein ganzer Stamm war vernichtet worden. Weihrauch schwelte. Klagende Stimmen jammerten ein Lied unsäglichen

Kummers. Plötzlich wechselten die Särge ihre Form und wurden zu Gebetriemen, schwarz und glänzend, mit Knoten und Schnüren. Sie teilten sich in viele Abteilungen – Särge für Zwillinge, Drillinge, Vierlinge, Fünflinge...

Ich öffnete die Augen. Jemand saß auf meinem Bett – die kubanische Frau. In ihrem gebrochenen Englisch fing sie heiser an zu reden.

»Haben keine Angst. Ich nichts tun. Bin Mensch, nicht Tier. Habe Rücken kaputt. Nicht so geboren. Von Tisch gefallen als Kind. Mutter zu arm für Doktor. Vater nicht gut, immer betrunken. Er mit schlechte Frauen gegangen, Mutter in Tabakfabrik arbeiten. Kranke Lunge. Warum Sie zittern? Buckel nicht ansteckend. Sie nicht von mir bekommen. Ich Seele wie andere Menschen – Männer mich wollen. Sogar mein Boss. Er mir vertraut und lässt mich allein in Hotel. Sie Jude? Er auch Jude... aus Türkei. Spricht – wie heißt das? – Arabisch. Hat eine deutsche Señora geheiratet, sie Nazi. Ihr erster Mann auch Nazi. Sie verflucht Boss und versucht zu vergiften. Er sie verklagt, aber Richter gibt ihr recht. Sie ihn bestochen, denke ich – oder ihm was anderes gegeben. Der Boss bezahlt ihr – wie heißt es? – Unterhalt.«

»Warum hat er sie denn geheiratet?«, fragte ich, nur um etwas zu sagen.

»Well, er sie liebt. Er sehr viel Mann, rotes Blut, Sie verstehen? Sie auch verliebt?«

»Ja.«

»Wo ist Señora? Sie verheiratet?«

»Nein. Man hat sie erschossen.«

»Wer?«

»Dieselben Nazis.«

»Oh – und Sie allein?«

»Nein, ich bin verheiratet.«

»Wo ist Frau?«

»In New York.«

»Und Sie ihr treu?«

»Ja, ich bin ihr treu.«

»Immer?«

»Immer.«

»Einmal man darf Spaß haben.«

»Nein, meine Liebe, ich will mein Leben anständig zu Ende leben.«

»Wer kümmert sich? Niemand sieht.«

»Gott sieht.«

»Wenn Sie von Gott reden, ich gehe. Aber Sie lügen. Nur sprechen von Gott, weil ich Krüppel. Er bestraft Lügen, Sie Schwein!«

Späte Liebe

Harry Bendiner wachte um fünf Uhr mit dem Gefühl auf, dass, was ihn betraf, die Nacht vorbei war und er keinen Schlaf mehr finden würde. Tatsächlich wachte er jede Nacht ein Dutzend Mal auf. Vor Jahren war er an der Prostata operiert worden, aber der konstante Druck auf der Blase war dadurch nicht behoben worden. Er schlief eine Stunde oder weniger und wachte dann auf, weil er hinausmusste. Selbst seine Träume drehten sich um diesen Drang. Er stand aus dem Bett auf und tappte auf wackeligen Beinen ins Badezimmer. Auf dem Weg zurück trat er auf den Balkon seiner Eigentumswohnung im elften Stock hinaus. Zur Linken sah er die Wolkenkratzer von Miami, zur Rechten das rollende Meer. Die Luft war während der Nacht etwas kühler geworden, aber sie war noch immer tropisch lau. Es roch nach toten Fischen, Öl und vielleicht auch nach Orangen. Harry blieb lange dort stehen und genoss die Seebrise auf seiner feuchten Stirn. Obwohl Miami Beach sich zu einer großen Stadt entwickelt hatte, glaubte er, noch die Nähe der Everglades zu spüren, mit den Gerüchen und Dünsten ihrer Vegetation und ihrer Sümpfe. Manchmal erwachte eine Möwe in der Nacht und schrie. Es kam auch vor, dass die Wellen den Kadaver eines Barrakudas oder eines jungen Walfisches an den Strand spülten. Harry Bendiner schickte seinen Blick in die Richtung von Hollywood. Wie lange war es her, dass die ganze Gegend noch unentwickelt war? Innerhalb von wenigen Jahren war eine unbebaute Wüste in ein besiedeltes Gebiet verwandelt worden, voller Hotels, Eigentumswohnungen, Restaurants, Supermärkte und Banken. Die Straßenlampen und Neonlichter verdunkelten die Sterne am Himmel. Selbst mitten in der Nacht rasten Wagen durch die Straßen. Wohin eilten sie? Welche Kraft trieb sie voran? »Nun, das ist nicht mehr meine Welt. Wenn man erst mal über achtzig ist, ist man schon so gut wie eine Leiche.«

Er stützte seine Hand auf das Geländer und versuchte, sich des Traumes, den er eben gehabt hatte, zu entsinnen. Er konnte sich nur erinnern, dass alle die, die in dem Traum erschienen waren, jetzt tot waren – Männer als auch Frauen. Träume nahmen offenbar keine Notiz vom Tod. In seinen Träumen waren seine drei Frauen noch am Leben, ebenso wie sein Sohn Bill und seine Tochter Sylvia. New York, seine Heimatstadt in Polen und Miami Beach verschmolzen in eins. Er, Harry oder Herschel, war gleichzeitig erwachsen und ein Chederschüler.

Er schloss seine Augen für einen Augenblick. Warum war es unmöglich, sich an Träume zu erinnern? Er konnte sich auf jede Einzelheit von Ereignissen besinnen, die vor siebzig oder fünfundsiebzig Jahren stattgefunden hatten, aber die Träume der heutigen Nacht lösten sich auf wie Schaum. Irgendeine Kraft bewirkte, dass auch nicht die geringste Spur übrigblieb. Ein Drittel des Lebens eines Menschen stirbt daher schon, bevor er ins Grab sinkt.

Nach einiger Zeit setzte Harry sich auf den Plastiksessel, der auf dem Balkon stand. Er blickte hinüber aufs Meer, nach Osten, wo bald der Tag dämmern würde. Es hatte eine Zeit gegeben, da er morgens als Erstes schwimmen gegangen war, besonders während der Sommermonate, aber jetzt verspürte er keine Lust mehr zu solchen Dingen. Manchmal standen in den Zeitungen Berichte darüber, dass Haifische Schwimmer angegriffen hatten, und es gab noch andere Geschöpfe des Meeres, deren Bisse schwere Folgen haben konnten. Ihm genügte es jetzt, ein warmes Bad zu nehmen.

Seine Gedanken wendeten sich gesellschaftlichen Dingen zu. Er wusste genau, dass Geld ihm nicht helfen konnte; trotzdem, man konnte nicht immer über die Tatsache nachdenken, dass ›alles ganz eitel war‹. Es war einfacher, über praktische Sachen nachzudenken. Aktien und Obligationen stiegen oder fielen. Dividenden und andere Einkünfte mussten bei der Bank eingezahlt werden, und für die Steuer musste darüber Buch geführt werden. Telefon- und Elektrizitätsrechnungen mussten bezahlt werden, ebenso die Unterhaltung der Wohnung. Einen Tag in der Woche kam eine Frau zum Saubermachen und um seine Hemden und Unterwäsche zu bügeln. Ab und zu mussten ein Anzug gereinigt und Schuhe repariert werden. Er erhielt Briefe, die beantwortet werden wollten. Das ganze Jahr hindurch hatte er nichts mit der Synagoge zu tun, aber an Rosch haschana und an Jom Kippur musste er dort für die Gottesdienste seinen Platz haben, und deshalb bekam er Aufrufe zugunsten Israels, Bitten um Unterstützung von Lehranstalten, Talmudschulen, Altersheimen und Hospitälern. Jeden Tag kam so ein Haufen »Abfallpost«, und bevor er sie wegwarf, musste er sie mindestens öffnen und überfliegen.

Da er sich entschlossen hatte, den Rest seines Lebens ohne Frau und auch ohne Haushälterin zu verbringen, hatte er sich selbst um seine Mahlzeiten zu kümmern, und jeden zweiten Tag ging er in den benachbarten Supermarkt einkaufen. Er schob sein Wägelchen durch die Gänge und wählte aus dem Angebot Milch, Hüttenkäse, Obst, Büchsengemüse und Hackfleisch aus, gelegentlich auch Pilze, ein Glas Borschtsch oder gefilten Fisch. Er hätte sich ohne weiteres den Luxus eines Mädchens leisten können, aber manche Mädchen galten als unehrlich. Und was sollte er mit sich anfangen, wenn jemand anderer ihn bediente? Er erinnerte sich an ein Wort aus der Gemara, dass Trägheit zu Wahnsinn führe. Er fühlte sich frischer, wenn er sich mit dem elektrischen Herd in der Küche befasste, auf die Bank ging, die Zeitungen las – besonders den Wirtschaftsteil – und ein oder zwei Stunden im Büro der Maklerfirma Merrill Lynch verbracht hatte, wo er die Kurse der New Yorker Börse vorbeiflimmern sah. Kürzlich hatte er sich ein Fernsehgerät angeschafft, aber er benutzte es selten.

Seine Nachbarn im Hause fragten ihn oft spitz, warum er alles selbst mache, was doch andere für ihn tun könnten. Man wusste, dass er reich war. Man gab ihm Ratschläge und stellte Fragen: Warum habe er sich nicht in Israel niedergelassen? Warum ging er während des Sommers nicht in ein Hotel im Gebirge? Warum heiratete er nicht wieder? Warum hatte er keine Sekretärin? Er hatte den Ruf, ein Geizhals zu sein. Sie erinnerten ihn dauernd daran: »Sie können es doch nicht mitnehmen« – als ob das eine überraschende Offenbarung sei. Aus all diesen Gründen ging er nicht mehr zu den Mieterversammlungen und auch nicht zu den Partys. Jeder versuchte, etwas aus ihm herauszuholen, aber ihm würde niemand auch nur einen Penny geben, wenn er in Not wäre. Vor ein paar Jahren war er in einen Bus von Miami Beach nach Miami eingestiegen, und ihm hatten zwei Cent am Fahrgeld gefehlt. Alles, was er bei sich hatte, waren Zwanzigdollarscheine. Niemand hatte sich erboten, ihm entweder die zwei Cent zu geben oder einen Schein zu wechseln, und der Fahrer hieß ihn aussteigen.

In Wirklichkeit fühlte er sich in keinem Hotel so wohl wie in seiner Wohnung. Die im Hotel servierten Mahlzeiten waren viel zu reichlich für ihn und nicht so gekocht, wie er es brauchte. Er musste sich schon selbst darum kümmern, dass er eine Diät bekam, die salzfrei, cholesterinarm und ungewürzt war. Außerdem waren Flugreisen und Taxifahrten zu anstrengend für einen Mann mit seiner zarten Konstitution. Es wäre auch unvernünftig, in seinem Alter nochmals zu heiraten. Jüngere Frauen verlangten Sex, und an einer alten Frau war er nicht im Geringsten interessiert. Da er nun einmal so veranlagt war, war er dazu verurteilt, alleine zu leben und alleine zu sterben.

Ein rötlicher Schein begann den östlichen Himmel zu färben, und Harry ging ins Badezimmer. Einen Augenblick blieb er vor dem Spiegel stehen und betrachtete sein Bild – eingefallene Backen, ein kahler Schädel mit ein paar Büscheln weißen Haares, ein deutlich sichtbarer Adamsapfel, eine Nase mit abwärts gekrümmter Spitze wie ein Papageienschnabel. Die blassblauen Augen standen nicht symmetrisch, das eine war höher als das andere, sie zeigten sowohl Müdigkeit wie Spuren jugendlicher Glut. Er war einmal ein sehr männlicher Mann gewesen. Er war verheiratet gewesen und hatte Liebschaften gehabt. Er besaß viele Liebesbriefe und Fotos, die irgendwo herumlagen.

Harry Bendiner war nicht wie die anderen Einwanderer arm und ohne Bildung nach Amerika gekommen. Bis zum Alter von neunzehn Jahren war er in seiner Heimatstadt in das Lehrhaus gegangen; er konnte Hebräisch und hatte heimlich Zeitungen und weltliche Bücher gelesen. Er hatte Unterricht in Russisch, Polnisch und sogar Deutsch genommen. Hier in Amerika war er zwei Jahre lang in die Gewerbeschule ›Cooper Union‹ gegangen, weil er hoffte, Ingenieur zu werden. Aber er hatte sich in ein amerikanisches Mädchen verliebt, Rosalie Stein, hatte sie geheiratet, und ihr Vater, Sam Stein, hatte ihn in sein Bauunternehmen aufgenommen.

Rosalie starb mit dreißig an Krebs, und er war mit zwei kleinen Kindern zurückgeblieben. In dem Maß, wie das Geld ihm zufiel, nahm der Tod ihm die Seinen. Sein Sohn Bill, ein Chirurg, war mit sechsundvierzig an einem Herzanfall gestorben und hinterließ zwei Kinder, von denen keines jüdisch sein wollte. Ihre Mutter, eine Christin, lebte irgendwo in Kanada mit einem anderen Mann. Harrys Tochter Sylvia war an der gleichen Art von Krebs wie ihre Mutter erkrankt und im gleichen Alter. Sylvia hinterließ keine Kinder. Harry hatte sich geweigert, noch andere Generationen in die Welt zu setzen, obwohl seine zweite Frau ein oder zwei Kinder von ihm gewollt hatte.

Ja, der Engel des Todes hatte ihm alles genommen. Zuerst hatten seine Enkelkinder ihn manchmal von Kanada aus angerufen und zum neuen Jahr eine Karte geschickt. Aber jetzt hörte er nichts mehr von ihnen, und er hatte sie aus seinem Testament gestrichen.

Harry rasierte sich und summte eine Melodie – woher sie stammte, wusste er nicht. War es etwas, das er im Fernsehen gehört hatte, oder eine Melodie aus Polen, die ihm wieder in Erinnerung gekommen war? Er hatte kein musikalisches Gehör und sang immer falsch, aber die Gewohnheit, im

Badezimmer zu singen, hatte er beibehalten. Seine Morgentoilette dauerte sehr lange. Seit Jahren hatten die Pillen, die er gegen Verstopfung nahm, nicht mehr geholfen, und jeden zweiten Tag machte er sich selbst ein Klistier – eine langwierige und mühsame Angelegenheit für einen Mann in den Achtzigern. Er versuchte, in der Badewanne Turnübungen zu machen, hob seine mageren Beine und planschte mit den Händen im Wasser, als seien sie Paddel. Das waren alles Maßnahmen, das Leben zu verlängern, aber selbst während er sie durchführte, fragte er sich: »Wozu weiterleben?« Welche Würze besaß sein Leben noch? Nein, sein Leben hatte keinen Sinn mehr – aber war das seiner Nachbarn sinnvoller? Das Haus war voll alter Leute, alle waren wohlhabend, manche sogar reich. Einige Männer konnten nicht mehr laufen oder schlurrten mit den Füßen; einige Frauen stützten sich auf Krücken. Eine ganze Anzahl litt an Arthritis oder an der Parkinsonschen Krankheit. Dies war kein Wohnhaus mehr, sondern ein Krankenhaus. Leute starben, und er erfuhr es erst Wochen oder Monate später. Obwohl er einer der ersten Bewohner gewesen war, kannte er kaum jemanden. Er ging auch nicht in den Swimmingpool und spielte nicht Karten. Frauen und Männer grüßten ihn im Lift und im Supermarkt, aber er wusste nicht, wer sie waren.

Von Zeit zu Zeit fragte ihn jemand: »Wie geht es Ihnen, Mr. Bendiner?« Und seine Antwort war gewöhnlich: »Wie kann es einem in meinem Alter schon gehen? Jeder Tag ist ein Geschenk.«

Dieser Sommertag begann wie jeder andere. Harry hatte sich in der Küche sein Frühstück gemacht – Rice Krispies mit Magermilch und koffeinfreien Kaffee mit Saccharin gesüßt. Gegen halb zehn fuhr er im Lift nach unten, um die Post zu holen. Es verging kein Tag, an dem er nicht einige Schecks erhielt, aber heute war es ein ganzer Haufen. Die Aktien waren gefallen, aber die Gesellschaften zahlten Dividenden wie immer. Harry bekam Hypothekenzinsen, Mietzahlungen, Zinsen von Obligationen und von allen möglichen geschäftlichen Beteiligungen, an die er sich kaum mehr erinnern konnte. Von einer Versicherungsgesellschaft bekam er eine Rente. Und seit Jahren erhielt er einen monatlichen Scheck von der Altersversicherung. Die Ernte dieses Morgens betrug über elftausend Dollar. Sicher, ein großer Teil davon musste für die Steuer zurückbehalten werden, aber ihm blieben noch immer über fünftausend Dollar. Während er die Zahlen addierte, überlegte er: Sollte er in das Büro von Merrill Lynch gehen, um zu sehen, was an der Börse los war? Nein, das hatte keinen Sinn. Selbst wenn die Aktien am Morgen stiegen, am Ende des Tages würde es nur wieder Verluste geben. »Der Markt ist vollkommen verrückt«, murmelte er vor sich hin. Es war für ihn eine eiserne Regel gewesen, dass es nur bei steigendem Markt Inflation geben könnte, niemals bei fallendem. Aber jetzt brachen sowohl der Dollar wie die Aktien zusammen. Ja, nichts war sicher auf dieser Welt, nur der Tod. Gegen elf Uhr ging er hinunter, um die Schecks einzuzahlen. Die Bankfiliale war nur klein; alle Angestellten kannten ihn und begrüßten ihn. Er hatte einen Safe dort, in dem er Wertsachen und Schmuck aufbewahrte. Es hatte sich so ergeben, dass seine drei Frauen ihm alles hinterlassen hatten; keine hatte ein Testament gemacht. Er wusste selbst nicht genau, wie viel er besaß, aber es konnten kaum weniger als fünf Millionen Dollar sein. Trotzdem ging er auf die Straße in einem Hemd und in Hosen, die sich noch der Ärmste hätte leisten können, und mit der gleichen Mütze und den gleichen Schuhen, die er schon seit Jahren trug. Er stützte sich auf seinen Stock und machte winzige Schritte. Ab und zu sah er sich um. Vielleicht folgte ihm jemand. Vielleicht hatte irgendein Verbrecher herausgefunden, wie reich er war, und plante, ihn zu entführen. Obwohl es helllichter Tag war und die Straße voller Leute, würde sich doch niemand einmischen, wenn man ihn ergreifen, in ein Auto zerren und in eine Ruine oder Höhle verschleppen würde. Niemand würde Lösegeld für ihn bezahlen.

Nachdem er seine Geschäfte in der Bank erledigt hatte, kehrte er wieder nach Hause zurück. Die Sonne stand hoch am Himmel und goss glühendes Feuer herunter. Frauen standen unter dem Schatten der Markisen und betrachteten Kleider, Schuhe, Strümpfe, Büstenhalter und Badeanzüge in den Schaufenstern. Ihre Gesichter drückten Unentschlossenheit aus – kaufen oder nicht kaufen? Harry warf einen Blick auf die Schaufenster. Was könnte er dort kaufen? Es gab nichts, was er brauchte. Von jetzt an bis um fünf Uhr, wenn er anfangen würde, sein Abendessen vorzubereiten, brauchte er absolut nichts. Er wusste genau, was er tun würde, wenn er nach Hause kam – auf dem Sofa ein Schläfchen machen.

Gott sei Dank, niemand hatte ihn entführt, niemand hatte ihn überfallen, niemand war in die Wohnung eingebrochen. Die Klimaanlage arbeitete vorschriftsmäßig, und auch im Badezimmer war alles in Ordnung. Er zog seine Schuhe aus und legte sich auf das Sofa.

Seltsam, er hatte immer noch Wachträume: Er phantasierte von unerwarteten Erfolgen, wiedergewonnenen Kräften und männlichen Abenteuern.

Das Gehirn weigerte sich, das Alter zu akzeptieren. Wie in seiner Jugend pulste es noch von Leidenschaften. Oft sagte Harry zu seinem Gehirn: »Sei nicht dumm. Es ist für alles zu spät. Es gibt nichts mehr zu hoffen.« Aber das Gehirn war so beschaffen, dass es dennoch fortfuhr zu hoffen. Wer hatte das gesagt: Der Mensch nimmt seine Hoffnungen mit ins Grab?

Er war eingenickt und wurde von einem schrillen Geräusch an der Tür geweckt. Er wurde unruhig. Niemals kam jemand ihn besuchen. »Es muss der Kammerjäger sein«, sagte er sich. Er öffnete die Tür, so weit die vorgelegte Kette es erlaubte, und sah eine kleine Frau mit roten Backen, gelblichen Augen und strohblonden Haaren, die sie hoch aufgetürmt trug. Sie hatte eine weiße Bluse an.

Harry öffnete die Tür, und die Frau sagte auf Englisch, das sie mit einem starken Akzent sprach: »Ich hoffe, ich habe Sie nicht geweckt. Ich bin Ihre Nachbarin zur Linken. Ich wollte mich Ihnen vorstellen. Ich heiße Ethel Brokeles. Ein komischer Name, nicht wahr? Das war der Name meines verstorbenen Mannes. Mein Mädchenname ist Goldmann.«

Harry sah sie erstaunt an. Seine Nachbarin zur Linken war eine alleinstehende alte Frau gewesen.

Er erinnerte sich an ihren Namen – Mrs. Halpert. Er fragte: »Was ist mit Mrs. Halpert geschehen?«

»Das, was allen geschieht«, antwortete die Frau gleichmütig.

»Wann ist es denn passiert? Ich wusste nichts davon.«

»Es ist schon über fünf Monate her.«

»Kommen Sie herein, kommen Sie herein. Leute sterben, und man weiß es nicht einmal«, sagte Harry. »Sie war eine nette Frau, sehr zurückhaltend.«

»Ich habe sie nicht gekannt. Ich habe die Wohnung von ihrer Tochter gekauft.«

»Bitte, nehmen Sie Platz. Ich habe gar nichts, was ich Ihnen anbieten könnte. Irgendwo habe ich eine Flasche Likör, aber –«

»Ich brauche keine Erfrischung, und Likör trinke ich nicht. Nicht mitten am Tag. Darf ich rauchen?«

»Gewiss, gewiss.«

Die Frau setzte sich auf das Sofa. Geschickt handhabte sie ein Feuerzeug und zündete ihre Zigarette an. Ihre Nägel waren rot lackiert, und Harry fiel ein großer Brillant an einem ihrer Finger auf.

Die Frau fragte: »Leben Sie hier allein?«

»Ja, allein.«

»Ich bin auch allein. Was kann man tun? Ich habe

fünfundzwanzig Jahre mit meinem Mann gelebt, und es gab keinen schlechten Tag. Unser gemeinsames Leben kannte nur Sonnenschein, es gab keine Wolke. Plötzlich starb er und ließ mich allein und elend zurück. Das Klima in New York ist ungesund für mich. Ich leide an Rheumatismus. Ich werde bis zum Ende meiner Tage hier leben müssen.«

»Haben Sie die Wohnung möbliert übernommen?«, fragte Harry geschäftsmäßig.

»Ja, alles. Die Tochter wollte nichts für sich behalten, außer Kleider und Wäsche. Sie überließ mir alles für einen Spottpreis. Ich hätte nicht die Geduld gehabt, herumzulaufen und Möbel und Geschirr zu kaufen. Leben Sie hier schon lange?« Die Frau stellte eine Frage nach der anderen, und Harry gab bereitwillig Auskunft. Sie sah verhältnismäßig jung aus – nicht älter als fünfzig, vielleicht sogar weniger. Er brachte ihr einen Aschenbecher und stellte ein Glas mit Limonade und einen Teller mit Keksen auf den kleinen Tisch vor ihr. Zwei Stunden vergingen, er bemerkte es kaum. Ethel Brokeles schlug die Beine übereinander, und Harry warf ab und zu einen Blick auf ihre runden Knie. Sie war inzwischen zu Jiddisch, das sie mit polnischem Akzent sprach, übergegangen. Sie strömte die Vertraulichkeit einer Verwandten aus. In Harry frohlockte etwas. Es musste so sein, der Himmel hatte seinen heimlichen Sehnsüchten nachgegeben. Erst jetzt, als er ihr zuhörte, wurde ihm klar, wie einsam er in diesen langen Jahren gewesen war, wie niedergedrückt durch die Tatsache, dass er kaum ein Wort mit jemandem wechselte. Sie zum Nachbarn zu haben, war besser als nichts. In ihrer Gegenwart wurde er jünger und beredt. Er erzählte ihr von seinen drei Ehen, von den Tragödien seiner Kinder. Er erwähnte sogar, dass er nach dem Tod seiner ersten Frau eine Geliebte gehabt hätte.

Die Frau sagte: »Sie brauchen sich nicht zu entschuldigen. Ein Mann ist ein Mann.«

»Ich bin alt geworden.«

»Ein Mann ist nie alt. Ich hatte einen Onkel in Wloclawek, der hat mit achtzig geheiratet, ein Mädchen von zwanzig. Und sie hat ihm drei Kinder geboren.«

»Wloclawek? Das ist nicht weit von Kowal, meiner Heimatstadt.«

»Ich weiß. Ich bin in Kowal gewesen. Ich hatte eine Tante dort.«

Die Frau sah auf ihre Armbanduhr. »Es ist ein Uhr. Wohin gehen Sie zum Lunch?«

»Nirgends. Ich frühstücke nur und esse dann am Abend.«

»Müssen Sie eine Diät einhalten?«

»Nein, aber in meinem Alter –«

»Hören Sie schon auf, von Ihrem Alter zu reden!«, schalt ihn die Frau. »Wissen Sie was? Kommen Sie zu mir, und wir essen zusammen. Ich esse nicht gerne allein. Für mich ist allein essen noch schlimmer als allein schlafen.«

»Wirklich, ich weiß nicht, was ich sagen soll. Womit habe ich das verdient?«

»Schon gut; reden Sie keinen Unsinn. Wir sind in Amerika, nicht in Polen. Mein Eisschrank ist vollgepackt mit Leckereien. Ich werfe mehr weg, als ich esse, Gott möge es mir verzeihen.« Die Frau benutzte jiddische Ausdrücke, die Harry über sechzig Jahre nicht mehr gehört hatte. Sie nahm ihn beim Arm und führte ihn zur Tür. Er brauchte nur ein paar Schritte zu gehen. In der Zeit, in der er seine Tür zuschloss, hatte sie die ihre geöffnet. Die Wohnung, die er betrat, war größer als seine und heller. Bilder hingen an den Wänden, verzierte Lampen und Nippsachen standen herum. Das Fenster ging direkt auf das Meer. Auf dem Tisch stand eine Vase mit Blumen. Die Luft in Harrys Wohnung roch nach Staub, hier war sie frisch. »Sie will irgendetwas; sie verfolgt einen Zweck«, sagte sich Harry. Er erinnerte sich daran, was er in den Zeitungen über weibliche Betrüger gelesen hatte, die Männer um ihr Vermögen gebracht hatten, und auch Frauen. Die Hauptsache war, nichts zu versprechen, nichts zu unterschreiben, nicht einen einzigen Penny auszuhändigen. Sie setzte ihn an einen Tisch, und aus der Küche kam bald das sprudelnde Geräusch der Kaffeemaschine und der Duft von frischen Brötchen, Obst, Käse und Kaffee. Zum ersten Mal seit Jahren verspürte Harry mitten am Tag Appetit. Nach einem Weilchen setzten sich beide zum Lunch hin.

Zwischen zwei Bissen zog die Frau an ihrer Zigarette. Sie klagte: »Die Männer laufen mir nach, aber wenn es ernst wird, wollen sie alle nur wissen, wie viel Geld ich habe. Sobald sie anfangen, von Geld zu reden, mache ich Schluss. Ich bin nicht arm; ich bin sogar – toi, toi, toi – wohlhabend. Aber ich will nicht wegen meines Geldes genommen werden.«

»Gottlob brauche ich von niemandem Geld«, sagte Harry.

»Ich habe genug, selbst wenn ich tausend Jahre alt werden sollte.«

»Das ist gut.«

Allmählich fingen sie an, ihre finanziellen Dinge zu besprechen, und die Frau zählte ihre Besitztümer auf. Ihr gehörten Häuser in Brooklyn und auf Staten Island; sie besaß Aktien und Obligationen. Nach dem zu urteilen, was sie sagte, und den Namen, die sie erwähnte, glaubte Harry, dass sie die Wahrheit sagte. Hier in Miami hatte sie ein Bankkonto und einen Safe in der gleichen Bank wie Harry. Er schätzte, dass sie mindestens eine Million schwer war, vielleicht sogar mehr. Sie bediente ihn mit der Hingabe einer Tochter oder Frau. Sie sprach davon, was er essen sollte und was nicht. Solche Wunder waren in seiner Jugend geschehen. Frauen hatten ihn kennengelernt, waren im Nu innig vertraut geworden, waren bei ihm geblieben und hatten ihn nie wieder verlassen. Aber dass ihm so etwas in seinem Alter widerfahren sollte, schien wie ein Traum. Er fragte abrupt: »Haben Sie Kinder?«

»Ich habe eine Tochter, Sylvia. Sie lebt ganz allein in einem Zelt in Britisch-Kolumbien.«

»Wieso in einem Zelt? Meine Tochter hieß auch Sylvia. Sie könnten auch meine Tochter sein«, fügte er hinzu, und wusste nicht, warum er es gesagt hatte.

»Unsinn. Was sind schon Jahre? Mir ist es immer lieber gewesen, wenn ein Mann viel älter war als ich. Mein Mann – er ruhe in Frieden – war zwanzig Jahre älter als ich, und das Leben, das wir zusammen geführt haben, wünsche ich jeder jüdischen Tochter.«

»Ich bin sicher vierzig Jahre älter als Sie«, sagte Harry.

Die Frau legte ihren Löffel hin. »Für wie alt halten Sie mich?«

»So um die fünfundvierzig«, sagte Harry und wusste, dass sie älter war.

»Zählen Sie zwölf Jahre hinzu, dann stimmt's.«

»Man sieht es Ihnen nicht an.«

»Ich habe ein gutes Leben mit meinem Mann gehabt. Ich konnte alles von ihm haben – der Mond, die Sterne, nichts war ihm zu teuer für seine Ethel. Deshalb wurde ich nach seinem Tode melancholisch. Außerdem machte mich meine Tochter ganz krank. Ich habe ein Vermögen für Psychiater ausgegeben, aber sie konnten mir nicht helfen. So wie Sie mich hier sehen, war ich sieben Monate in einer Anstalt, einer Klinik für Nervenkrankheiten. Ich hatte einen völligen Zusammenbruch und wollte nicht mehr leben. Man musste mich Tag und Nacht bewachen. Er rief nach mir aus dem Grab. Ich möchte Ihnen etwas sagen, aber bitte, missverstehen Sie mich nicht.«

»Was ist es?«

»Sie erinnern mich an meinen Mann. Darum –«

»Ich bin zweiundachtzig Jahre alt«, sagte Harry und bedauerte es sofort. Er hätte ganz leicht fünf Jahre abziehen können. Er wartete einen Moment und fügte dann hinzu: »Wenn ich zehn Jahre jünger wäre, würde ich Ihnen einen Antrag machen.«

Wiederum bedauerte er seine Worte. Sie waren ihm ohne sein Zutun von den Lippen gekommen. Die Angst, in die Hände einer ›Goldgräberin‹ zu fallen, setzte ihm noch zu.

Die Frau sah ihn neugierig an und zog eine Braue hoch: »Da ich mich entschlossen habe zu leben, nehme ich Sie, wie Sie sind.«

»Wie ist so etwas möglich? Wie kann das sein?«, fragte sich Harry wieder und wieder. Sie sprachen davon, dass sie heiraten und die Wand durchbrechen lassen würden, um aus ihren beiden Wohnungen eine zu machen. Sein Schlafzimmer lag neben dem ihren. Sie erklärte ihm alle Einzelheiten ihrer finanziellen Verhältnisse. Sie besaß etwa anderthalb Millionen. Harry hatte ihr bereits mitgeteilt, wie viel er besaß. Er fragte: »Was sollen wir mit all dem Geld anfangen?«

»Ich wüsste auch nicht, was ich mit Geld tun sollte«, sagte die Frau, »aber gemeinsam könnten wir eine Weltreise machen. Wir werden eine Wohnung in Tel Aviv oder in Tiberias kaufen. Die heißen Quellen dort sind gut gegen Rheumatismus. Wenn ich an Ihrer Seite bin, werden Sie noch lange leben. Ich garantiere Ihnen hundert Jahre, wenn nicht mehr.«

»Alles liegt in Gottes Hand«, sagte Harry und

wunderte sich über seine eigenen Worte. Er war nicht religiös. Seine Zweifel an Gott und Seiner Vorsehung hatten sich im Laufe der Jahre verstärkt. Er sagte oft, dass man nach allem, was den Juden in Europa geschehen war, ein Narr sein müsse, an Gott zu glauben.

Ethel stand auf, er auch. Sie umarmten und küssten sich. Er drückte sie an sich und spürte, wie ein jugendliches Verlangen ihn durchströmte.

Sie sagte: »Warte, bis wir unter dem Hochzeitsbaldachin gestanden sind.«

Harry kam zu Bewusstsein, dass er diese Worte schon einmal gehört hatte, im gleichen Tonfall. Aber wann? Und von wem? Seine drei Frauen waren alle schon gebürtige Amerikanerinnen gewesen und hätten diesen Ausdruck nicht benutzt. Hatte er es geträumt? Kann man im Traum die Zukunft vorhersehen? Er senkte den Kopf und dachte nach. Als er wieder aufblickte, erschrak er. Innerhalb dieser wenigen Sekunden hatte sich das Aussehen der Frau in bestürzender Weise verwandelt. Sie hatte sich etwas von ihm entfernt, und er hatte es nicht bemerkt. Ihr Gesicht war bleich geworden, war geschrumpft und gealtert. Ihr Haar schien ihm plötzlich wirr. Sie sah ihn von der Seite an, mit stumpfem, traurigem, fast strengem Blick. Ob ich sie beleidigt habe?, überlegte er. Er hörte sich fragen: »Stimmt etwas nicht? Fühlst du dich nicht wohl?«

»Doch, aber geh jetzt lieber in deine Wohnung«, sagte sie mit einer plötzlich hart, fremd und ungeduldig klingenden Stimme. Er hätte sie gern nach dem Grund für diesen unvermittelten Stimmungsumschwung gefragt, aber ein längst vergessener (oder nie vergessener) Stolz meldete sich. Bei Frauen wusste man wirklich nie, woran man war. Trotzdem fragte er: »Wann werden wir uns wiedersehen?«

»Heute nicht mehr. Vielleicht morgen«, sagte sie nach einigem Zögern.

»Auf Wiedersehen. Vielen Dank für den Lunch.«

Sie machte sich nicht einmal die Mühe, ihn zur Tür zu begleiten. Als er wieder in seiner Wohnung war, dachte er, nun, sie hat es sich anders überlegt. Ein Gefühl der Scham überwältigte ihn, seinetwegen und auch ihretwegen. Hatte sie nur ein Spiel mit ihm gespielt? Hatten sich boshafte Nachbarn verschworen, ihn zum Narren zu halten? Seine Wohnung kam ihm halb leer vor. Ich werde nicht zu Abend essen, beschloss er. Er fühlte einen Druck im Magen. »In meinem Alter sollte man keinen Narren aus sich machen«, murmelte er vor sich hin. Er streckte sich auf dem Sofa aus und schlief ein, und als er wieder aufwachte, war es draußen dunkel. Vielleicht wird sie wieder bei mir läuten. Vielleicht sollte ich sie anrufen? Sie hatte ihm ihre Nummer gegeben. Zwar hatte er geschlafen, fühlte sich aber jetzt beim Aufwachen erschöpft. Er hätte Briefe beantworten sollen, aber er verschob es auf den nächsten Tag. Er ging auf den Balkon hinaus. Eine Seite seines Balkons war einem Teil des ihren gegenüber. Sie könnten sich hier sehen und auch miteinander sprechen, falls sie noch Interesse an ihm hatte. Die Brandung klatschte und schäumte. In großer Entfernung zog ein Frachter vorbei. Am Himmel donnerte ein Jet. Ein einzelner Stern, den weder Straßenlampen noch Neonlichter verdunkeln konnten, erschien über ihm. Wie gut, dass man wenigstens einen Stern sehen kann! Sonst würde man vielleicht ganz und gar vergessen, dass es überhaupt einen Himmel gibt.

Er saß auf dem Balkon und wartete, ob sie vielleicht käme. Was dachte sie wohl? Wie hatte ihre Stimmung so plötzlich umschlagen können? Eben war sie noch zärtlich und gesprächig wie eine verliebte Braut gewesen; im nächsten Augenblick war sie eine Fremde.

Harry schlief wieder ein, und als er erwachte, war es spät am Abend. Er war nicht müde und wollte eigentlich hinuntergehen und die Abendausgabe der Morgenzeitung mit dem New Yorker

Börsenbericht holen; stattdessen legte er sich auf sein Bett. Er hatte ein Glas Tomatensaft getrunken und eine Tablette genommen. Nur eine dünne Wand trennte ihn von Ethel, aber Wände besaßen eine ganz eigene Kraft. Vielleicht ist das der Grund dafür, dass manche Menschen lieber in einem Zelt leben, dachte er. Er fürchtete, dass seine Grübeleien ihn vom Schlaf abhalten würden, aber er schlief schnell ein. Er wachte mit einem Druck auf der Brust auf. Wie spät war es? Das Leuchtzifferblatt seiner Armbanduhr zeigte ihm, dass er zweieinviertel Stunden geschlafen hatte. Er hatte geträumt, konnte sich aber nicht erinnern, was er geträumt hatte. Ihm war nur der Eindruck nächtlicher Schrecken geblieben. Er hob seinen Kopf. Schlief sie oder wachte sie? Er konnte auch nicht das leiseste Geräusch aus ihrer Wohnung hören.

Er schlief wieder ein und wachte diesmal vom Lärm vieler Stimmen auf, Türen wurden zugeschlagen, auf dem Korridor war Hin- und Hergelaufe zu hören. Er hatte immer Angst vor Feuer gehabt. Er hatte Zeitungsberichte gelesen über alte Leute, die in Altersheimen, Krankenhäusern und Hotels verbrannt waren. Er stand auf, zog Hausschuhe und Morgenrock an und öffnete die Tür zum Korridor. Dort war niemand. Hatte er sich alles eingebildet? Er schloss die Tür und trat auf den Balkon hinaus. Nein, von Feuerwehrleuten keine Spur. Nur einige Leute, die spät nach Hause kamen oder in Nachtklubs gingen und betrunken lärmten. Manche Wohnungsbesitzer vermieteten während des Sommers an Südamerikaner. Harry ging wieder zu Bett. Ein paar Minuten lang war es still; dann hörte er wieder Lärm auf dem Korridor und Männer- und Frauenstimmen. Irgendetwas war geschehen, aber was? Er hatte den Wunsch aufzustehen und nochmals nachzusehen, aber er tat es nicht. Er lag angespannt da. Plötzlich hörte er das Summen des Haustelefons in der Küche. Als er den Hörer abhob, sagte eine Männerstimme: »Falsch verbunden.« Harry hatte das Neonlicht in der Küche angemacht, und die Helligkeit störte ihn. Er öffnete den Eisschrank, nahm einen Krug mit gesüßtem Tee heraus und goss sich ein halbes Glas ein, wobei er nicht wusste, ob er es tat, weil er durstig war oder um sich etwas zu beleben. Dann musste er Wasser lassen und ging ins Bad.

In diesem Augenblick läutete es an seiner Tür, und das Geräusch unterbrach seinen Drang. Vielleicht war im Hause eingebrochen worden? Der Nachtportier war ein alter Mann und Eindringlingen kaum gewachsen. Harry konnte sich nicht entschließen, ob er an die Tür gehen sollte oder nicht. Er stand zitternd vor der Toilette. Dies könnten meine letzten Augenblicke auf der Welt sein, schoss es ihm durch den Kopf. »Allmächtiger Gott, hab Erbarmen mit mir«, murmelte er. Erst jetzt fiel ihm ein, dass er ein Guckloch in der Tür hatte, durch das er den Vorraum draußen überblicken konnte. ›Wie konnte ich das vergessen?‹, dachte er. Ich muss schon ganz senil sein.

Leise ging er zur Tür, hob den Deckel des Gucklochs und schaute hindurch. Er sah eine weißhaarige Frau im Morgenrock. Er erkannte sie; sie war seine Nachbarin auf der rechten Seite. In einer Sekunde wurde ihm alles klar. Sie hatte einen gelähmten Mann, und ihm war etwas passiert. Er öffnete die Tür. Die alte Frau hielt ihm einen unfrankierten Brief hin.

»Entschuldigen Sie, Mr. Bendiner, die Dame von nebenan hat diesen Brief vor Ihrer Tür gelassen. Es steht Ihr Name drauf.«

»Welche Dame?«

»Von links. Sie hat Selbstmord begangen.«

Harry Bendiners Inneres verkrampfte sich, und innerhalb weniger Sekunden wurde sein Leib gespannt wie eine Trommel.

»Die blonde Dame?«

»Ja.«

»Was hat sie getan?«

»Sie hat sich aus dem Fenster gestürzt.«

Harry streckte die Hand aus. Die alte Frau gab ihm den Brief.

»Wo ist sie?«, fragte er.

»Man hat sie abgeholt.«

»Tot?«

»Ja, sie ist tot.«

»Mein Gott!«

»Das ist schon der dritte derartige Vorfall hier. In Amerika verlieren die Leute den Verstand.«

Harrys Hand zitterte, und der Umschlag flatterte, als hätte ihn ein Windstoß ergriffen. Er dankte der Frau und schloss die Tür. Er ging seine Brille holen, die er auf den Nachttisch gelegt hatte. »Ich darf nicht hinfallen«, ermahnte er sich. »Was mir jetzt noch fehlte, wäre eine gebrochene Hüfte.« Er stolperte zu seinem Bett hinüber und knipste die Nachttischlampe an. Ja die Brille lag, wo er sie hingelegt hatte. Ihm war schwindlig. Die Wände, die Vorhänge, der Toilettentisch, der Umschlag – alles war in zuckender Bewegung, wirbelte wie ein unscharfes Bild im Fernsehen. Werde ich blind, oder was ist das?, überlegte er. Er setzte sich und wartete darauf, dass der Schwindel vorüberginge. Er hatte kaum die Kraft, den Brief zu öffnen. Das Blatt war mit Bleistift beschrieben, die Zeilen waren schief, und die jiddischen Worte fehlerhaft. Er las:

Lieber Harry, verzeih mir. Ich muss dahin, wo mein Mann ist. Wenn es Dir nicht zu viel Mühe macht, bitte sage Kaddisch für mich. Ich werde dort, wohin ich gehe, Fürsprache für Dich einlegen.

Ethel

Er legte das Blatt und seine Brille auf den Nachttisch und löschte das Licht. Er lag da, bekam Aufstoßen und Schluckauf. Sein Körper zuckte, und die Bettfedern vibrierten. Nun, von jetzt an werde ich auf nichts mehr hoffen, sagte er sich mit der Feierlichkeit eines Mannes, der einen Eid leistet. Ihm war kalt, und er deckte sich mit der Decke zu.

Als er aus seiner Benommenheit erwachte, war es zehn Minuten nach acht. Hatte er geträumt? Nein, der Brief lag auf dem Nachttisch. An diesem Tag ging Harry Bendiner nicht hinunter, um die Post zu holen. Er machte sich kein Frühstück, nahm sich auch nicht die Mühe, zu baden und sich anzuziehen. Er blieb auf dem Plastiksessel auf dem Balkon sitzen und dachte über die andere Sylvia nach – Ethels Tochter –, die in einem Zelt in Britisch-Kolumbien lebte. Warum ist sie so weit fortgelaufen?, fragte er sich. Hatte der Tod ihres Vaters sie zur Verzweiflung getrieben? Konnte sie ihre Mutter nicht leiden? Oder hatte sie schon in ihrem jugendlichen Alter die Sinnlosigkeit aller menschlichen Bemühung begriffen und sich entschlossen, ein Einsiedler zu werden? Ist sie bemüht, sich selbst zu entdecken, oder Gott? Eine abenteuerliche Idee kam dem alten Mann: Sollte er nach Britisch-Kolumbien fliegen, die junge Frau in der Wildnis suchen, sie trösten, ihr ein Vater sein, und vielleicht mit ihr gemeinsam darüber nachdenken, warum der Mensch geboren wird und warum er sterben muss?

Nachwort von Jan Schütte

Ich betrat die Welt Isaac Bashevis Singers an einem strahlend klaren Oktobertag des Jahres 1987.

Mein erster Spielfilm *Drachenfutter* war nach Chicago eingeladen worden. Es war meine erste Amerikareise und ich flog über New York. Tagelang wanderte ich durch die Straßen von Manhattan, überwältigt von den Bildern. Doch schließlich war ich erschöpft von all den Eindrücken, ich kannte niemanden und fühlte mich müde und einsam.

Ich nahm den Q Train und fuhr ans Meer nach Coney Island. Der Zug war leer und rumpelte von Station zu Station. Dann tauchte er plötzlich aus dem Untergrund auf, erklomm die Höhen der Manhattan Bridge und überquerte das endlose Brooklyn. Nach einer Stunde Fahrt blieb der Zug mit quietschenden Bremsen über der Brighton Beach Avenue stehen. Der Atlantik blitzte und funkelte nur einen Steinwurf entfernt zwischen den Häusern, und von der Plattform hoch über der Straße hatte man einen wunderbaren Blick auf die Spaziergänger auf dem Boardwalk und am Strand.

Ich stieg die alte Stahltreppe hinunter und betrat eine andere Welt: Männer mit Schiebermützen, die Polnisch und Ukrainisch miteinander sprachen, oder Jiddisch, alte Frauen in Kattunkleidern mit bunten Kopftüchern. Alles wurde auf der Straße gekauft und gehandelt. Der Laden ›Aufrichtig‹ verkaufte Delikatessen, und ›Lustgarten‹ Damenoberbekleidung. Das ›Café Ukraina‹ und das ›Restaurant Moskow‹ warben in kyrillischer Schrift um Gäste. Auf dem Trottoir stapelten sich Berge von Kohlköpfen, und ein schmaler kleiner Mann verkaufte Bücher und Tonkassetten mit russischen Hits der siebziger Jahre. Darüber donnerte die Bahn nach Manhattan.

So hatte ich mir New York in den dreißiger Jahren vorgestellt. Wirklich amerikanisch waren hier nur die Autos, riesige rostige Chevys und Chrysler und Dodges nicht aus den dreißiger, sondern den siebziger Jahren, deren Auspuffe über den löchrigen Asphalt der Brighton Beach Avenue klapperten.

Im Tanzpalast ›National‹ traten original russische Artisten auf, dralle Sängerinnen und melancholische Klavierspieler. Auf den Tischen standen enorme Platten mit Würsten, kaltem Fleisch und geräuchertem Fisch. Pro Person gab es eine Flasche warmen Wodka und ein großes Glas eingelegter Gurken. Hier haderten die Gäste mit ihrem Schicksal und antworteten auf die Frage »How are you?« nicht mit »fine« sondern mit »awful«.

Ich wanderte den Strand entlang bis an die Spitze von Coney Island. Auf dem breiten Boardwalk patrouillierte ein Polizeiauto im Schritttempo. Der Astroland Park mit seinen alten Fahrgeschäften lag verschlafen in der Sonne, nur wenige Jugendliche amüsierten sich in der hölzernen Cyclone-Achterbahn.

Ich lief zurück nach Brighton Beach. Am Horizont konnte ich ein paar Frachtschiffe erkennen, die New Jersey anliefen, und am Himmel hingen die Morgenmaschinen aus Europa auf dem Weg zum nahen John-F.-Kennedy-Flughafen. Aus den Restaurants am Boardwalk schepperte dieselbe russische Popmusik, die man unter der Hochbahn kaufen konnte. Ich aß Borschtsch und Pelmeni, die natürlich viel besser waren, als man sie je in Russland bekommen konnte. Der Wind wehte kühl an die Häuserwände, und der Blick aufs Meer machte melancholisch. Hier war Europa und Amerika zugleich, ein vergessener Ort am Rande von New York und am Rande von Amerika. Man kann

Deutschland nur aus der Ferne begreifen, dachte ich. Vielleicht waren Odessa und Berlin hier deswegen so nah.

Auf dem Boardwalk machte ich die Bekanntschaft zweier Emigranten: Irving Lanchart und Abraham Herzhaft. Beide standen am Geländer, schauten über den Atlantik und träumten von einem Europa, das es so schon lange nicht mehr gab. Sie sprachen Amerikanisch, Jiddisch, Polnisch und Deutsch durcheinander und waren neugierig, wie es in Deutschland aussah, was ein Brot und ein Bier kostete, oder eine kleine Wohnung in Hamburg. Irving war als kleiner Junge in einer Nacht im Herbst 1938 von der Hamburger Polizei geweckt worden, er und seine Eltern hatten polnische Pässe, und so wurden sie nach Polen abgeschoben. Die Reise führte weiter über Moskau und Japan nach Shanghai, wo er den Krieg überlebte. Mit Anfang zwanzig kam er nach San Francisco und arbeitete sich langsam an die Ostküste vor, bis nach Brighton Beach. Hier stand er nun und träumte von Deutschland, nachdem er in fünfzig Jahren die Welt umrundet hatte, beinahe. Er war ein melancholischer Herr in Fischgrätmantel und eleganter Kappe, und seine dunkel umschatteten Augen gaben ihm ein eulenhaftes Aussehen. Jeden dritten Satz seiner Lebensgeschichte kommentierte er mit einem Schulterzucken und der rhetorischen Frage »Was kann man machen?«.

Abraham Herzhaft kam aus Jeschuw in Polen, das heute in der Ukraine liegt. Er war klein (»fünf Fuß und eins!«), drahtig und ungeheuer lebendig. Er trug eine beige Windjacke und eine gleichfarbige sportliche Schiebermütze über seinen großen Segelohren. Er hatte, als die Deutschen kamen, den Fluss Sun durchschwommen und danach Jahre in russischen Gefängnissen, sibirischen Lagern und der polnischen Exilarmee verbracht. Seine Frau und Kinder wurden ermordet. Am Ende landete er alleine in einem Lager für ›Displaced Persons‹, nahm das Affidavit für Amerika, weil das am nächsten bei Polen war (Uruguay oder Australien waren ihm zu weit), heiratete ein junges Mädchen aus der polnischen Provinz und lebte unglücklich in Brighton Beach. Er hatte eine Geliebte in Manhattan, die er mit Mitte siebzig noch regelmäßig besuchte, und ein Rennrad, das er nachts neben seinem Wohnzimmersofa parkte, wo er schlief. Die Heimat versteht man erst, so lernte ich, wenn man in der Emigration ist.

Gut fünfzig Jahre zuvor war Isaac Bashevis Singer in New York angekommen. Sein Bruder holte ihn am Kai in Manhattan ab und fuhr mit ihm nach

Brighton Beach, wo er zur Untermiete wohnte. Singer beschreibt diese Fahrt folgendermaßen:

»Wir fuhren über die Brücke nach Brooklyn, und jetzt enthüllte sich mir eine ganz andere Gegend von New York. Hier war es weniger überfüllt, es gab fast keine Wolkenkratzer und alles ähnelte eher einer europäischen Stadt als Manhattan. [...] Hier gingen die Leute, sie liefen und rannten nicht. Alle trugen neu aussehende und helle Kleidung. In den koscheren Metzgereien wurden die Knochen gesägt und nicht mit dem Beil gespalten. In den Läden lagen Kartoffeln neben Orangen, Radieschen neben Ananas.

Zwischen Schuh-, Lampen-, Teppichgeschäften und Blumenläden befand sich ein Begräbnisinstitut. Leichenträger in Schwarz trugen einen mit Kränzen bedeckten Sarg heraus und luden ihn in einen verhängten Wagen. Die Familie oder die anderen Leidtragenden zeigten keinerlei Anzeichen von Trauer in den Gesichtern. Sie unterhielten sich und benahmen sich, als sei der Tod für sie eine alltägliche Erscheinung.

Wir kamen nach Coney Island. Linker Hand funkelte und leuchtete der Ozean in einer Mischung aus Wasser und Feuer. Rechter Hand flogen Karussells vorbei, Jugendliche schossen auf Blechenten, auf Schienen, die aus einem Tunnel hervorkamen und hoch in den blauen Himmel ragten, ritten Jungen auf metallenen Pferden und die hinter ihnen sitzenden Mädchen schrien laut. Musik pochte, pfiff und kreischte. Vor einer Art Museum tollte ein schwarzer Riese herum, mit einem Zwerg auf jedem Arm.

Wir hielten vor einem Haus mit Türmchen und einer langen Veranda, auf der ältere Leute in der Sonne saßen und sich wärmten. [...] Die Pfeiler der Hochbahn warfen ein Netz von Sonne und Schatten auf das Pflaster. Ein Zug aus Manhattan fuhr mit ohrenbetäubendem Gerassel vorbei. Ganz gleich, wie man Raum und Zeit definierte, dachte ich, man kann nicht gleichzeitig in Brooklyn und Manhattan sein.«

Das ›Aus der Zeit Gefallen Sein‹ ist eines der Grundmotive in allen Geschichten und Romanen von I. B. Singer, die in Amerika spielen. Ich hatte dieses Gefühl bei Irving und Abraham kennengelernt. Beide waren in ihrem Leben durch den Zweiten Weltkrieg und den Holocaust aus ihrer Heimat vertrieben worden, beide waren – wie so viele in Brighton Beach – die Quintessenz der europäischen Lebenserfahrung und -kultur, gepaart mit Humor und Selbstironie, aber so ganz ohne jenen Pragmatismus, den man in Amerika zum Überleben so dringend benötigt. Abraham Herzhaft und

Irving Lanchart waren von der Geschichte auf eine Reise geschickt worden, die auch 1987 noch nicht zu Ende war. Sie hatten ihre Heimat verloren und in der Neuen Welt keine wirkliche Heimat gefunden. So fütterten sie die Möwen in Brighton Beach und schauten über das Meer.

»Ich schreibe über ungewöhnliche Personen unter ungewöhnlichen Umständen«, schrieb Singer, »über eine Gruppe von Menschen, die der Welt noch immer ein Rätsel sind, oft auch sich selbst. Ich spreche von den Juden Ost-Europas, insbesondere von den Jiddisch sprechenden Juden, von denen, die in Polen umgekommen sind, und denen, die in die Vereinigten Staaten fliehen konnten. Je länger ich unter ihnen lebe und über sie schreibe, desto größer ist mein Erstaunen über die Vielfalt ihrer Persönlichkeit und, da ich selber einer von ihnen bin, über meine eigenen Launen und Leidenschaften.«

Als ich 1987 nach Brighton Beach kam, lebte Singer nicht mehr in New York. Nach einer missglückten Augenoperation konnte er nicht mehr schreiben. Er hatte sein Apartment auf der Upper West Side verlassen und sich nach Florida zurückgezogen.

Singer war 1904 in Leonice geboren worden, das damals zum russischen Zarenreich gehörte. »Ich bin in drei toten Sprachen großgezogen worden:

Hebräisch, Aramäisch und Jiddisch«, schrieb er später. Sein Vater war ein orthodoxer Rabbi, der sich weigerte, Russisch zu lernen, und kaum fähig war, seine Familie zu ernähren.

Auch der Großvater war ein Rabbi, im Gegensatz zum Vater aber eine einflussreiche und imposante Figur. Die Besuche bei den Großeltern hatten einen tiefen Einfluss auf Singer. Hier, nahe der Grenze zu Österreich, in Galizien, lernte er das Leben der armen, gläubigen, galizischen Juden kennen, die sich Polen verbunden fühlten, Sehnsucht nach Wien hatten und in Scharen nach Amerika auswanderten. Eine komplexe Welt, in der in den Dörfern die Polen, Juden, Russen, Österreicher und Deutschen neben- und miteinander lebten.

Den größten Teil seiner Jugend verbrachte Singer in Warschau. An der Krochmalna Straße, in der er aufwuchs, lebte eine Mischung aus gläubigen Juden, kleinen Gangstern und Prostituierten. Seine Jugend war von Paradoxen geprägt. Die Chassiden, unter denen er aufwuchs, waren ultraorthodox und gleichzeitig eine relativ moderne Bewegung, die noch keine hundertfünfzig Jahre alt war. Singer fühlte sich als Pole, obwohl es den Staat bei seiner Geburt gar nicht mehr gab, die benachbarten Großmächte hatten Polen unter sich aufgeteilt. Sein Vater war ein strenger Rabbi, doch von seinem älteren Bruder Israel Joshua lernte Isaac so verbotene Fächer wie Astronomie und die Geschichte der Evolution kennen. Die Welt seiner Jugend war voller Gegensätze und in ständiger Veränderung.

Israel Joshua (I. J.) Singer rebellierte gegen die Eltern und hatte schon als junger Mann wachsenden Erfolg als jiddischer Schriftsteller. Als Isaac vierzehn war, ging I. J. nach Kiew, um sich der Revolution anzuschließen, drei Jahre später kam er enttäuscht und desillusioniert zurück. Schon mit seinen ersten Büchern, die kurz darauf erschienen, wurde er in polnischen und jiddischen Kreisen berühmt – ein Autor sui generis.

Unter dem Einfluss des elf Jahre älteren Israel Joshua begann Isaac zu schreiben und in jiddischen Zeitungen zu publizieren. Er wurde 1924 Mitglied im Warschauer Club der Jiddischen Schriftsteller. Dort verfolgte man den Aufstieg Hitlers und der Nationalsozialisten mit Furcht und großer Skepsis.

Als Israel eine Stelle beim *Jewish Daily Forward,* der jüdischen New Yorker Tageszeitung, angeboten bekam, nahm er dankbar an. Er reihte sich ein in den langen Exodus der russischen und polnischen Juden nach Amerika, der Mitte des achtzehnten Jahrhunderts begonnen hatte und der erst mit dem Einmarsch der Deutschen und Russen 1939 endete. Sie flohen vor dem Hunger, den Pogromen, dem

Dienst in der russischen Armee. Es gelang Israel Joshua bald, ein Visum und eine Arbeitserlaubnis für den kleinen Bruder zu organisieren. So fuhr Isaac 1935 mit dem Zug quer durch Nazideutschland und mit dem französischen Dampfer ›Normandie‹ nach New York.

In Amerika fühlte sich Singer zwar sicher, trotzdem war die erste Zeit ein Schock. Er wohnte zur Untermiete, hatte keine Arbeit und fast kein Geld.

Im Sommer 1944 starb der bewunderte und geliebte Bruder Israel Joshua überraschend an einem Herzinfarkt. Schwester und Mutter wurden in Polen deportiert. Der Krieg und die Nazis vernichteten nicht nur halb Europa, sondern nahezu jeden der Freunde und Verwandten, die Isaac in Polen noch geblieben waren. Es waren bittere Jahre.

»Ich war noch jung, noch nicht dreißig, aber ich war von einer Müdigkeit befallen, die wahrscheinlich mit dem Alter einhergeht. Ich hatte alle Wurzeln, die ich in Polen gehabt hatte, ausgerissen und wusste bereits, dass ich hier bis zu meinem letzten Tag ein Fremder bleiben würde. Ich stellte mir vor, wie es wäre, in Hitlers Dachau oder in einem Arbeitslager in Sibirien zu sein. Es gab für mich keine Zukunft mehr. Alles, woran ich denken konnte, lag in der Vergangenheit. Meine Gedanken kehrten nach Warschau zurück, nach Swider, in

Stefas Wohnung in der Niecala Straße, in Esthers möbliertes Zimmer. [...] Ich lehnte mich so weit ich konnte aus dem Fenster hinaus, sog tief die Dämpfe der Stadt in mich ein und verkündete mir und den Mächten der Natur: Ich bin verloren in Amerika, verloren auf immer.«

Bei aller Sehnsucht und Hoffnung fühlten sich die Emigranten verloren in der Neuen Welt. So nannte Singer dann auch seine halbfiktionale Autobiographie *Verloren in Amerika. Verloren in Amerika* wählte ich auch als Titel für den Dokumentarfilm, den ich ein Jahr nach meinem ersten Besuch in Brighton Beach drehte. Darin erzählte Irving seine Reise um die Welt in fünfzig Jahren und Abraham kochte gefilte Fisch und redete in fünf Sprachen gleichzeitig. Sie hatten Europa verlassen und waren doch nie ganz in Amerika angekommen. Abraham und Irving, meine neuen Freunde, sagten: »Ich fahre nach New York«, wenn sie nach Manhattan fuhren. Irving hatte ein Postfach im Postamt an der 3rd Avenue – der Adresse wegen. Wirklich heimisch wurden sie nie in Amerika, obwohl sie dort fast vierzig Jahre lebten.

Bei jedem Besuch in Amerika machte ich von nun an die Zeitreise nach Brooklyn. Die Sehnsucht der beiden inspirierte mich zu dem Spielfilm *Auf Wiedersehen Amerika,* den ich gemeinsam mit

Thomas Strittmatter schrieb und im Winter 1992/1993 drehte. War Singer von Polen nach New York gereist, so machten wir uns mit unseren Figuren auf die umgekehrte Reise zurück von Brooklyn nach Danzig. Die Geschichten von I.B. Singer wurden unsere treuen Begleiter.

Aber ich fand in den USA keine Darsteller für die beiden Hauptrollen. Niemand sprach die Sprachen, und ohne dieses babylonische Sprachengewirr war unser Filmprojekt unvorstellbar. So suchten wir an ganz anderen Ecken der Welt: in Argentinien, in Polen, in Israel. Dort, in Tel Aviv, fand ich Jakov Bodo, der den Moshe spielt. Und in Wien traf ich Otto Tausig, der Isaac Aufrichtig spielt, und später alle drei Hauptrollen in *Love Comes Lately.* Es ist bezeichnend, dass beide selbst viele Jahre der Emigration hinter sich hatten.

Singer hatte nach seiner Ankunft in New York unter der Obhut seines Bruders zunächst eher banale Glossen für den *Jewish Daily Forward* geschrieben, eine Aufgabe, die qualvoll für ihn war und schlecht bezahlt wurde. Später, nach dem Tod des Bruders, verfasste er seine ersten konventionellen Romane. Der Erfolg kam erst, als 1953 seine wundersame Geschichte *Gimpel der Narr* von Saul Bellow ins Englische übersetzt wurde. Sie machte Singer schlagartig bekannt.

Von nun an galt er als Erzähler der Welt des Schtetls im Polen vor dem Zweiten Weltkrieg, einer untergegangenen Welt. Geschichten wie *Yentl* oder *Der Zauberer von Lublin* machten ihn populär. Diese Geschichten waren Parabeln und Mythen, hier gab es Dybbuks, Zauberer, Geister und Hexen. Von nun an wurde er gut bezahlt, und alle großen amerikanischen Magazine druckten seine Geschichten.

Doch Singer schrieb auch Geschichten, die in Amerika spielten, und die hatten einen ganz anderen Ton. Deren Figuren versuchten sich von ihrer orthodoxen Erziehung zu befreien. Der Holocaust beendete diese unvollendete Rebellion und ließ sie zurück im Hader mit ermordeten Eltern und einer vernichteten Kultur. Sie hassten und straften sich dafür, einer Kultur den Untergang gewünscht zu haben, die für immer aufgehört hatte zu existieren. »Es brauchte wohl Singers eiskaltes Auge und seine Lust am Paradoxen, dieser Welt gerecht zu werden und jener Verzweiflung Ausdruck zu geben, die jeden anderen schon bei dem Versuch dazu verschlungen hätte«, schrieb Jonathan Rosen in seinem Essay im *New Yorker* zu Singers hundertstem Geburtstag.

Die Geschichten von Leuten, die den Zenith ihres Lebens überschritten haben, haben einen großen Stellenwert in Singers Werk. Ich kenne keinen anderen Schriftsteller, der sich so sehr mit den Sehnsüchten alter Menschen beschäftigt hat. Im Vorwort zur seiner Sammlung *Old Love, Geschichten von der Liebe* schreibt Singer: »Die Liebe alter oder im mittleren Alter befindlicher Menschen ist ein Thema, das mehr und mehr Raum in meinen Arbeiten einnimmt. In der Literatur sind alte Menschen und ihre Gefühle vernachlässigt worden. Die Romanschriftsteller haben uns niemals gesagt, dass in der Liebe, wie auf anderen Gebieten, die Jungen erst Anfänger sind und dass die Kunst des Liebens mit dem Alter und mit der Erfahrung reift.«

Die Figuren, die Singer in seinen Geschichten aus New York und Miami beschreibt, könnten alle in einem großen Apartmentgebäude an der Upper West Side leben, und man begegnet ihnen in Singers Arbeiten immer wieder. Viele Geschichten haben mich beim Lesen sehr berührt: die Herr-und-Knecht-Erzählung *Die Sylvesterfeier,* mit ihrer tiefen Liebe über den Tod hinaus, *Eine Hochzeit in Brownsville,* oder die großartige Liebesgeschichte *Späte Liebe.*

In diesen Geschichten ist Singer wohl am meisten bei sich, und sie sind ohne Zweifel seine größten Werke. Doch auch wenn die Protagonisten oft Schriftsteller sind, denen sich wildfremde Frauen an die Brust werfen, wenn manche Figuren fast dokumentarisch wirken: Es ist immer auch Pose, und Singer war ein Schlemihl, der mit Lust falsche Fährten legte und maßlos übertrieb. Man sollte sich hüten, seine Prosa für allzu dokumentarisch oder gar autobiographisch zu halten.

Wenn Otto Tausig also den etwas verwirrten Professor und Schriftsteller Max Kohn spielt, der immer noch auf der Suche nach erotischen Abenteuern ist, dann basiert sein Charakter natürlich auf dem Max Kohn der *Aktentasche.* Gleichzeitig verkörpert er die ›literarischen‹ Figuren Harry Bendiner und Simon Danziger, die Kohn sich ausgedacht und geschrieben hat und in denen er seine Sehnsüchte und Ängste auslebt. Zum Dritten trägt er Züge von Isaac Singer – Details wie das vollkommene Chaos des Arbeitszimmers oder die aufgereihten Hüte an der Wohnungstür kann man nicht erfinden. Und letztendlich hat Ottos eigene Emigration seine Darstellung mitgeprägt.

Die schwebende Gleichzeitigkeit von Gegenwart, Traum, Phantasie, Vergangenheit und Sehnsüchten, die Singers Prosa so besonders macht, ließ sich nur durch die Verschmelzung mehrerer Geschichten in einen Film erreichen. An dieser Stelle sei meinen wunderbaren Beratern Michael Gutmann und Milan Dor gedankt, ohne die das Drehbuch niemals so hätte entstehen können. Die Geschichten in *Love Comes Lately* fließen und spiegeln sich ineinander. Seine Helden können nicht nur die Ebenen nicht unterscheiden, sie wollen es auch gar nicht mehr. Max Kohn verschwindet am Ende in seiner eigenen Fiktion: Der Autor löst sich in seiner Prosa auf.

Sosehr Singer auch mit dem jüdischen Leben und dessen Kultur haderte und stritt, am Ende seines Lebens wurde er zum Inbegriff der jiddischen Kultur, ein säkularer Rabbi, der für all das stand, dem er doch zu entkommen suchte. 1978 wurde ihm als Krönung seines Lebenswerks der Nobelpreis verliehen, als einem amerikanischen Schriftsteller, der auf Jiddisch schreibt. Nach 43 Jahren hatte Amerika ihn angenommen.

Seine Geschichten faszinierten mich wie die Menschen in Brighton Beach. Ich machte damals in New York die plötzliche traurige Erkenntnis des großen Verlustes, eine europäische Erfahrung, die man in Europa – aus bekannten Gründen – nicht mehr machen kann. Aber es war noch etwas anderes, was mich bei Literatur und Menschen so anzog. Es hat mit der jiddischen Sprache zu tun, die die Menschen, die sie gesprochen haben, so stark prägte. Singer hat dies in seiner Dankesrede bei der Nobelpreisverleihung 1978 so formuliert:

»Mein Vater und meine Mutter gaben mir alle Antworten, die der Glaube an Gott jenen anbieten kann, die zweifeln und nach der Wahrheit suchen. Bei mir zu Hause und in vielen anderen Familien, in denen Jiddisch gesprochen wurde, waren diese ewigen Fragen mehr gegenwärtig als die letzten Neuigkeiten aus der jiddischen Zeitung. Im Gegensatz zu all den Enttäuschungen und meiner tiefen Skepsis glaube ich, dass die Nationen viel lernen können von diesen Juden, ihrer Art zu denken, ihre Kinder großzuziehen und Glück zu finden, wo andere nur Elend und Erniedrigung sehen.

Für mich sind die jiddische Sprache und das Verhalten jener, die sie sprachen, identisch. Man kann in der jiddischen Sprache und im jiddischen Geist Ausdrücke finden für fromme Freude, Lebenslust, Sehnsucht nach dem Messias, Geduld und tiefes Verständnis der menschlichen Einzigartigkeit. Es gibt einen stillen Humor im Jiddischen und eine Dankbarkeit für jeden Tag des Lebens, jeden Krümel Erfolg und jede liebende Begegnung.

Die jiddische Natur ist nicht überheblich. Sie hält den Sieg nicht für selbstverständlich. Sie fordert nicht und befiehlt nicht, sondern wurschtelt, schlüpft und schmuggelt sich durch die Mächte der Zerstörung, im Wissen, dass Gottes Schöpfungsplan immer noch ganz am Anfang steht. [...] Bildlich gesprochen ist Jiddisch die weise und demütige Sprache von uns allen, die Sprache einer erschrockenen und hoffnungsvollen Menschheit.«

Singer hat in seinem Leben gleich zwei Welten beschrieben, die im Verschwinden begriffen waren: die Welt der gläubigen polnischen Juden und die der amerikanisch-jüdischen Immigranten. Singer hat diese Menschen, ihre Verzweiflung und ihre Not in seinem Schreiben aufgehoben und gerettet wie ihre Lebensweisheit und ihr Glück.

Andrzej Szczypiorski im Diogenes Verlag

»Ich beschreibe die totalitäre Herausforderung des zwanzigsten Jahrhunderts, weil das mein Leben, meine Erinnerung und meine Erfahrung ist.«
Andrzej Szczypiorski

»Andrzej Szczypiorski belegt, daß der Roman keineswegs tot ist, daß menschliche Schicksale im doppelten Sog der Geschichte und der Zeit noch immer, und zwar auf höchstem Niveau, in der Romanform darstellbar sind.« *Neue Zürcher Zeitung*

Die schöne Frau Seidenman
Roman. Aus dem Polnischen von Klaus Staemmler

Eine Messe für die Stadt Arras
Roman. Deutsch von Karin Wolff

Amerikanischer Whiskey
Erzählungen. Deutsch von Klaus Staemmler. Mit einem Vorwort des Autors zur deutschen Ausgabe

Notizen zum Stand der Dinge
Deutsch von Klaus Staemmler

Nacht, Tag und Nacht
Roman. Deutsch von Klaus Staemmler

Der Teufel im Graben
Roman. Deutsch von Anneliese Danka Spranger

Den Schatten fangen
Roman. Deutsch von Anneliese Danka Spranger

Selbstportrait mit Frau
Roman. Deutsch von Klaus Staemmler

Europa ist unterwegs
Essays und Reden. Deutsch von Klaus Staemmler und Winfried Lipscher

Feuerspiele
Roman. Deutsch von Barbara Schaefer

Außerdem erschienen:

Marta Kijowska
Andrzej Szczypiorski
Eine Biographie

Meir Shalev im Diogenes Verlag

Meir Shalev, geboren 1948 in Nahalal, studierte Psychologie und arbeitete viele Jahre als Journalist und Fernsehmoderator. Er wohnt heute in Jerusalem. Neben seinen Romanen für Erwachsene schreibt er auch Kinderbücher.

»Israels großer Fabulierer. Seine Romane gleichen den Bildern Chagalls. In einer Ecke noch eine kleine Episode, am Rand noch eine Figur, und der Fiedler schwebt ganz selbstverständlich über dem Dach.«
Anita Pollak / Kurier, Wien

Ein Russischer Roman
Aus dem Hebräischen von Ruth Achlama

Esaus Kuß
Eine Familiensaga. Deutsch von Ruth Achlama

Der Sündenfall – ein Glücksfall?
Alte Geschichten aus der Bibel neu erzählt. Deutsch von Ruth Melcer

Judiths Liebe
Roman. Deutsch von Ruth Achlama

Im Haus der Großen Frau
Roman. Deutsch von Ruth Achlama

Fontanelle
Roman. Deutsch von Ruth Achlama

Der Junge und die Taube
Roman. Deutsch von Ruth Achlama

Kinderbücher:

Papa nervt
Mit Bildern von Jossi Abulafja. Deutsch von Naomi Nir-Bleimling, Vera Loos und Angelika Schneider

Hannahs Grübchen
Mit Bildern von Jossi Abulafja. Deutsch von Naomi Nir-Bleimling und Vera Loos

Luzie, die Laus
Mit Bildern von Jossi Abulafja. Deutsch von Ruth Melcer

Wie der Neandertaler den Kebab erfand
Mit Bildern von Jossi Abulafja. Deutsch von Ruth Melcer

Der Traktor im Sandkasten
Mit Bildern von Jossi Abulafja. Deutsch von Naomi Nir-Bleimling und Vera Loos

Jessica Durlacher im Diogenes Verlag

Das Gewissen

Roman. Aus dem Niederländischen von Hanni Ehlers

Sie sieht ihn zum ersten Mal an der Universität: Er ist wie sie jüdischer Abstammung, beide Familien haben traumatische Kriegserinnerungen, sie erkennt in ihm ihren Seelenverwandten. Mit aller Wucht wirft sich die junge Edna in die Katastrophe einer Liebe, die sie für die ihres Lebens hält. Ein bewegendes Buch über eine Frau, die erst lernen muß, ihr Leben und Lieben in die richtige Bahn zu lenken.
Jessica Durlachers Romanerstling stand wochenlang auf den niederländischen Bestsellerlisten und wurde mit mehreren Nachwuchspreisen ausgezeichnet.

»Ich wollte zeigen, wie es kommt, daß man eine ganz große Liebe doch verlassen muß.« *Jessica Durlacher*

»Jessica Durlacher schreibt mit Gespür für Situationskomik und Selbstironie. Wer sich darauf einläßt, kann verstehen, mitfühlen und mitlachen.«
Ellen Presser/Emma, Köln

Die Tochter

Roman. Deutsch von Hanni Ehlers

Im Anne-Frank-Haus in Amsterdam lernen sie sich kennen: Max Lipschitz und Sabine Edelstein, beide Anfang Zwanzig. Ungewöhnlich und schicksalhaft wie der Ort ihrer Bekanntschaft ist auch die Liebesbeziehung, die sich zwischen ihnen entspinnt. Zuweilen ist Max von Sabines Vergangenheitsbesessenheit irritiert, denn worüber er lieber schweigen möchte, darüber möchte sie fast manisch reden: über die KZ-Vergangenheit ihrer beider Eltern.

Dann ist Sabine auf einmal ohne Erklärung verschwunden, für Max ein lange anhaltendes Trauma. Erst fünfzehn Jahre später sieht er sie überraschend wieder – und die alten Fragen tauchen wieder auf…

»*Die Tochter* ist eine Liebesgeschichte von solcher Wucht, daß man weiter und immer weiter liest. Mit ihrer spannenden, gut lesbaren, witzigen, klugen und unterhaltenden Art zu erzählen, findet Jessica Durlacher zu einer unserer Zeit angemessenen Kultur der Erinnerung.«
Hellmut Butterweck / Die Furche, Wien

Emoticon

Roman. Deutsch von Hanni Ehlers

Die Geschichte von Daniel, einem niederländisch-israelischen Jugendlichen, und von Aischa, einer jungen Palästinenserin, die für die Weltöffentlichkeit ein Zeichen setzen will und ihn in eine tödliche Falle lockt. Ihr Lockmittel: das Internet und seine Zeichensprache, die Emoticons.
Ein Roman über die Zerrissenheit und Dramatik des Nahen Ostens, der unter die Haut geht.

»Ein Attentat mit romantischer Folge, ein Internet-Chat mit tödlichem Ausgang: Jessica Durlacher operiert gewissermaßen am offenen Herzen des Israel-Palästina-Konfliktes. Das Erstaunliche ist: daß sie alle Klippen, die das heikle politische Thema in sich birgt, virtuos umschifft. Niemals ergreift sie einseitig Partei, gleitet in eskapistische Innerlichkeit ab. Eine psychologisch genaue Studie verschiedener Menschen in unterschiedlichen privaten und politischen Situationen, die sich von der ersten bis zur letzten Seite wie ein spannender Thriller liest. Beklemmend aktuell.«
Jenny Hoch / Der Spiegel, Hamburg

Yael Hedaya im Diogenes Verlag

Liebe pur

Erzählung. Aus dem Hebräischen von Ruth Melcer

Nach einer ersten Verabredung bringt der Mann die Frau nach Hause. Dabei läuft den beiden ein herrenloser junger Hund über den Weg. Aber wer von beiden könnte gerade jetzt einen Hund gebrauchen? Der Mann darf »nur auf einen Kaffee« mit zu der Frau, und der Welpe soll wenigstens etwas zu fressen bekommen, bevor beide wieder gehen sollten. Doch der Mann übernachtet bei der Frau, und auch der Hund darf bleiben – und wird zum Seismographen der Beziehung.

»Eine echte Entdeckung. Ihre Geschichte ist gnadenlos und gut erzählt, ihre Prosa ist lakonisch, witzig und wahr zugleich.«
Wieland Freund / Cosmopolitan, München

»Dieser Coup ist Yael Hedaya wunderbar gelungen. Präzise und eindringlich beschreibt sie den Versuch zweier Singles, das Alleinsein zu überwinden.«
Susanne Staerk / Die Welt, Berlin

Zusammenstöße
Eine Liebesgeschichte

Roman. Deutsch von Ruth Melcer

Eine Frau, ein Mann, ein Problem: Jonathan, alleinerziehender Vater einer zehnjährigen Tochter, und Schira, beide Schriftsteller, beide Singles. Sie verlieben sich, scheinen irgendwie füreinander geschaffen, doch eine neue Beziehung anzufangen ist genauso schwierig, wie ein Buch fertig zu schreiben. *Zusammenstöße* ist eine Liebesgeschichte aus dem Tel Aviv der späten neunziger Jahre und zugleich eine feingewobene Studie über das Heranwachsen, Altern, Sterben, Abschiednehmen und den Neubeginn.

»Yael Hedaya gehört zur jungen Generation israelischer Schriftstellerinnen, die bei uns als Spezialistinnen für die Erforschung des Privaten gelten.«
Gunhild Kübler / Die Weltwoche, Zürich

»Feinfühlig, ohne Pathos, knapp und klar erzählt.«
Karin Neumeier / Woman, Wien

Die Sache mit dem Glück

Erzählung. Deutsch von Ruth Melcer

Alle Menschen wollen glücklich sein und Leid vermeiden – vor allem ihr eigenes. Daß ›Die Sache mit dem Glück‹ aber noch ein bißchen komplizierter ist, beschreibt Hedaya auf faszinierende Weise …
Matti, Ehemann und Vater zweier kleiner Kinder, läßt sich nach monatelangen höllischen Kopfschmerzen endlich untersuchen. Die Ärzte stellen einen nicht operablen Hirntumor fest. Mattis Frau ist mindestens so verzweifelt wie er, denn auf ihr ruht die ganze Last der Pflege – und das Bewußtsein, daß sie als Frau für ihren Mann immer nur die ›zweite Wahl‹ war. Denn Matti ist nie über die fatale Liebe zu einer jungen Frau hinweggekommen, zur fünfzehnjährigen Allona, die ihn nach einem Jahr verließ. Doch dann taucht sie an seinem Krankenbett auf.

»Yael Hedaya ist eine äußerst begabte Autorin, die dabei ist, sich einen angemessenen Platz in der jungen israelischen Prosa zu erobern. Diese Autorin muß man gelesen haben.« *Abraham B. Jehoschua*

»Yael Hedaya ist eine Entdeckung.«
Simone Buchholz / Marie-Claire, München

Arnon Grünberg im Diogenes Verlag

Blauer Montag

Roman. Aus dem Niederländischen
von Rainer Kersten

Die provozierende Lebensgeschichte eines jungen Mannes aus jüdischem Elternhaus, der nicht weiß, wem er sich mehr zugehörig fühlen soll: der zweiten Generation der Holocaust-Opfer oder der ›Generation Nix‹. Dessen Schulkarriere ein frühes Ende nimmt, weil er lieber mit Freundin Rosie durch Kneipen und Cafés zieht. Der das Amsterdamer Rotlichtmilieu zu erkunden beginnt, als Rosie ihn verläßt – wie weh diese Trennung tut, wird nirgends ausgesprochen. Und der es bald nur noch in der gekauften Nähe von Prostituierten aushält, sich dem Alkohol hingibt und dem Verfall. Der schließlich im Anzug des verstorbenen Vaters selbst eine Laufbahn als Gigolo antritt.

»Die Stärke dieses wilden Textes liegt in seiner Unmittelbarkeit und im Fehlen jeglicher Larmoyanz. Die Sprache ist bei aller Flapsigkeit von gnadenloser Klarheit und Präzision. Das Weinen, das dem Erzähler im Hals steckt, bleibt stumm oder äußert sich in absurder Komik.« *Hannes Hansen / Die Welt, Berlin*

Statisten

Roman. Deutsch von Rainer Kersten

Ewald und Broccoli wollen das Glück nicht wie durch eine Sanduhr hindurchrieseln lassen, sondern hängen einer Reihe großer Träume nach: anders zu sein, Schauspieler zu werden und mit Elvira zu schlafen, die in Argentinien in einem einzigen Film die Hauptrolle gespielt hat, die nichts lieber tut als tanzen und schlafen – alleine – und die das Talent hat, alles, was sie tut, so aussehen zu lassen, als sei es die normalste Sache der Welt... Ein sehr gefährliches Talent.

»Der Roman, in dem es von traurigen und haltlosen Gestalten nur so wimmelt, lebt von einem befreienden Credo: Verzweiflung, befindet Grünbergs Erzähler Ewald, sei nichts Tragisches, sondern eine ›ausgesprochen trockene und komische‹ Angelegenheit. Grünberg hält genau den richtigen Ton zwischen Lakonik und verletzlicher Selbsterkenntnis. Mit Ewald leiden, lästern und träumen wir.«
Karen Fuchs/Die Welt, Berlin

Phantomschmerz

Roman. Deutsch von Rainer Kersten

Ein Mann zwischen drei Frauen, allein mit seinen Illusionen, seinen Träumen – aber mit dem nötigen Wahnwitz, das Leben als Rausch zu begreifen. In einer Stretchlimousine mit Wasserbett rast er dem Leben hinterher, will es einholen, überholen, dem Alltag entfliehen – und bremst sich dabei doch nur selber aus...

»Bittersüß erzählt, voller Wehmut und mit beißendem Humor. Die Geschichte jenes Mannes, der bei dem Versuch, seinen ›gewaltigen Hunger‹ nach dem Leben zu stillen, in aberwitzigste Situationen gerät, doch letztendlich nie wirklich bei sich selbst ankommt.« *Der Spiegel, Hamburg*

Der Vogel ist krank

Roman. Deutsch von Rainer Kersten

Vor den Wagnissen einer Schriftstellerkarriere hat sich Christian Beck in eine Existenz als Übersetzer von Gebrauchsanweisungen geflüchtet – ein Asyl vor dem eigenen Leben. Doch wie lange kann man sich aus dem Leben heraushalten? Als seine langjährige Freundin todkrank wird, will sie heiraten – aber nicht ihn.

»Ein großartiger Roman, poetische Kraft, slapstickartiger Humor und Überraschungen, die auf jeder Seite lauern.«
Jan Brandt / Frankfurter Allgemeine Sonntagszeitung

Gnadenfrist

Deutsch von Rainer Kersten

Jean Baptist Warnke hat nicht nur einen Job als Diplomat, er hält sich auch im Privatleben aus allem diplomatisch heraus. Bis er sich in Lima mit Haut und Haar verliebt. Doch wer ist die Studentin Malena? Eine feurige Liebe, die ungeahnten Zündstoff enthält…

»Geradlinig, gewitzt, gelungen. Das subtile Psychogramm eines liebesverblendeten Mannes, der unversehens vom Biedermann zum Brandstifter mutiert.«
Hendrik Werner / Die Welt, Berlin

Der Heilige des Unmöglichen

Deutsch von Rainer Kersten

Im Moment, da wir dies schreiben, sind wir sechs Jahre, vier Monate, zwei Wochen und einen Tag in Amerika. Unsere Mutter ist Kellnerin. Sie war sehr jung, als sie uns bekam, darum ist sie immer noch schön. So erzählt das Brüderduo Tito und Paul Andino, 18 und 19, wie aus einem Mund. Gemeinsam schlagen sie sich durch in New York als Illegale, arbeiten für einen mexikanischen Lieferservice. Vor allem aber lieben sie die mysteriöse Kristin. Was sie den staunenden Brüdern erzählt, ist ihr Vermächtnis vor einer ungeheuerlichen Tat…

»Arnon Grünberg erzählt eine berührende Geschichte aus der Schattenwelt der Flüchtlinge – voller Komik und Absurdität, grundiert von einem Ton der Gewalt und der Trauer.«
Augsburger Allgemeine Zeitung

Tirza

Roman. Deutsch von
Rainer Kersten

Jörgen Hofmeester ist Vater von zwei Töchtern und arbeitet für einen renommierten Verlag. Er hat sich in seinem Leben an erster Adresse in Amsterdam bestens eingerichtet. In Stille liebt er seine Töchter. Daß seine Ehefrau ihn gegen ihre Jugendliebe und ein Leben auf dem Wohnboot eingetauscht hat und ein beachtlicher Teil seines Vermögens durch dunkle Mächte verschwunden ist, stört ihn nicht wirklich. Solange er seine Kinder nur lieben darf. Doch eines Abends steht die Ehefrau wieder vor der Tür. Und dann tritt ein Mann in Jörgen Hofmeesters Leben, der ungute Erinnerungen an weltpolitische Ereignisse weckt…
Tirza ist ein Buch darüber, was es heißt, krank zu sein vor Liebe zum eigenen Kind, immer in dem Glauben, sein Bestes zu geben, ja mehr, als dem Menschen möglich ist.

»Seit *Tirza* zählt Arnon Grünberg zu jenen Autoren ersten Ranges, die es vermögen, die Unbegreiflichkeit des menschlichen Verhaltens auf eindringliche Weise verständlich zu machen.«
Wim Vogel / Haarlems Dagbald